D0120328

De Wilde Voetbalbende

Joachim Masannek

DE WILDE VOETBAL BENDE™

Joeri
het eenmans-middenveld

met tekeningen van Jan Birck

Uitgeverij Ploegsma Amsterdam

Kijk ook op www.ploegsma.nl

STICHTING NEDERLANDSE
KINDERJURY
2007

AVI 8

ISBN 90 216 1690 4 / NUR 282/283
Titel oorspronkelijke uitgave: 'Die Wilden Fußballkerle – Juli die
Viererkette'
Verschenen bij: Baumhaus Buchverlag, Frankfurt am Main 2002
© Baumhaus Medien AG, Frankfurt am Main
Vertaling: Suzanne Braam
Omslagontwerp: Studio Rietvelt
© Nederlandse uitgave: Uitgeverij Ploegsma bv, Amsterdam 2006

Inhoud

In het rijk van de schemering

Hé! Stil eens even. Ja, zo is het goed.

Nou? Wat is er? Hoor je het niet?

Ik bedoel die stilte. Geen zuchtje wind, geen dier, geen mens...

Dit is mijn rijk. Een stukje bos aan de rand van deze buitenwijk, waar ik woon. In het bos ligt de ruïne van een kasteel. Dit is mijn bos, het woud van Joeri 'Huckleberry' Fort Knox, het viermanschap op het middenveld in één persoon, oftewel: het eenmans-middenveld. Weet je nou nog niet wat 'Huckleberry' betekent? Dat wordt dan de hoogste tijd.

Maar wees op je hoede en zoek een veilige plek in je kamer, het liefst met je rug tegen de muur. En hou altijd een zaklamp bij de hand. Want dit verhaal brengt je in een soort kabelbaan over een diep en smal ravijn, waar geen daglicht komt. Het verhaal is als een munt met twee totaal verschillende kanten. De ene kant staat voor Avontuur en Geluk. Ik bedoel het geluk dat je voelt als je je eigen angst overwint. Maar de andere kant staat voor Mislukking en Ondergang. Dat gebeurt als je te veel risico's neemt en je de angst die je waarschuwt niet wilt horen, voelen of zien. Maar hoe hou je die twee uit elkaar?

Ik gooide mijn munt hoog de lucht in. In het licht van mijn zaklamp viel hij zo snel draaiend naar beneden dat ik er duizelig van werd. Toen ketste hij tegen een tak. Hij veran-

derde van richting en belandde op de fundamenten van de ruïne, die zich dreigend boven me verhief.

Ik lag in het donker met mijn hoofd op het mos en keek naar de ochtendhemel, waaraan de sterren nu verbleekten. De sterren hadden net nog fel geschitterd, als de munt in het licht van de zaklamp.

Ik haalde diep adem en strekte mijn armen zo ver mogelijk naar links en rechts uit. Toen deed ik mijn ogen dicht en blies mijn adem heel langzaam uit. Ik probeerde te voelen aan welke kant van de munt ik thuishoorde.

Links van me sliep de rustige buitenwijk van Amsterdam, de wereld van de Wilde Voetbalbende en die van mijn moeder. Rechts stak dreigend en zwart de ruïne af tegen de hemel alsof hij de ochtend wilde verduisteren. Een eindje verderop stonden drie torenflats. Ze zagen er oud en verwaarloosd uit. Daar woonden Dikke Michiel en zijn Onoverwinnelijke Winnaars. En mijn vader ook, daar was ik van overtuigd.

Maar niemand ging uit eigen vrije wil naar de torenflats. Het stuk bos verborg onze wereld voor de wereld van Dikke Michiel en zijn *gang*. Eigenlijk was het bos voor ons al taboe. We noemden het niet voor niets het 'Donkere Woud'. Dat ik hier was, was mijn allergrootste geheim. Ik durfde hier alleen 's morgens heel vroeg te komen, vlak voor het licht werd.

Ik sprong op. Omdat mijn hoofd vol gedachten zat, had ik de naderende voetstappen te laat gehoord. Ik zag donkere schaduwen tussen de bomen... Een stel jongens kwam recht op me af. Ik keek om me heen. Voor vluchten was het te laat! Maar waar kon ik me zo snel verstoppen? Er stonden hier alleen halfdode sparren. Hun takken begonnen pas vijf meter boven me. Het enige dat overbleef, was de ruïne.

Zonder aarzelen klom ik op de poort. Als een tijger kroop ik geruisloos over de brede boog. Bij het gat in het midden liet ik me plat op mijn buik zakken. Een paar stenen verschoven een beetje. Ik fluisterde met mijn kiezen op elkaar een paar scheldwoorden. Maar de boog bleef verder stil, gelukkig!

Ademloos staarde ik naar de gestalten die nu tussen de bomen tevoorschijn kwamen. De eerste kende ik goed. Het was Dikke Michiel, de Darth Vader van onze wereld. Zijn adem rochelde als de roestige kettingen van tien beulen. Zijn ogen gloeiden als laserstralen. Zijn T-shirt spande zich tevergeefs over zijn vetrollen, zijn tonnen spieren en zijn pikzwarte hart. En natuurlijk werd hij op de voet gevolgd door zijn miskleunen, zoals onze trainer Willie hen noemde. De Inktvis, de Maaimachine, de Stoomwals, Varkensoog, de Zeis en Kong, de monumentale Chinees. Al maanden bemoeiden ze zich niet meer met ons. Ze hielden zich schijnbaar met andere dingen bezig. En ik zag nu waarmee: onder me liep

een roversbende door de poort. Als ook maar één van die hufters in een film zou meespelen, zou je die pas mogen zien als je zestien was.

Ze lachten en schreeuwden en zwaaiden met hun plastic tassen boven hun hoofd. Snoep, strips en blikjes frisdrank – hun buit – vlogen door de lucht. Maar dat maakte hun niets uit. Ze hadden genoeg. Genoeg om alle kinderpartijtjes ter wereld mee te verzorgen.

Plotseling bleef Dikke Michiel staan. Hij stond recht onder me en riep de horde toe dat ze stil moesten zijn. De miskleunen dromden nieuwsgierig samen rond hun aanvoerder. Dikke Michiel grijnsde. Hij pakte een blikje cola uit zijn broekzak, trok het open, goot de inhoud in zijn mond en slikte, slikte, slikte. Daarna kneep hij het blikje tussen zijn vingers samen. Hij gooide het over zijn schouder in de struiken, stak zijn armen in de lucht en riep: 'Jaaah!'

Hij liet een knalharde boer en de anderen vielen bijna om van het lachen. Zij dronken ook, staken allemaal hun armen in de lucht en riepen: 'YES!'

Toen lieten ze allemaal een boer en lachten opnieuw.

Zelfs ik moest grijnzen. Ik stootte per ongeluk met mijn elleboog tegen de zaklamp. Hij rolde naar de rand en zou Dikke Michiel recht op zijn achterhoofd raken... Krabbenklauwen en kippenkak! Ik was verloren! Ik had hen bespied en ze zouden vast heel vindingrijk zijn om mij tot zwijgen te brengen.

De lamp was bij de rand gekomen. Ik rekte me uit en kon het ding op het nippertje weer naar me toe trekken. Maar helaas lagen er een paar kiezelstenen in het gat van de boog en die regenden nu recht op Dikke Michiel neer.

Plop! Pats! Kets! vielen ze op zijn hoofd. En – plop – sprong de vierde kiezel recht op zijn neus toen hij omhoogkeek.

'Hé!' schreeuwde hij tegen de anderen. 'Hou even je kop, ja!'

Het werd onmiddellijk doodstil. De anderen keken op hetzelfde moment omhoog. Ik dook weg en drukte mijn gezicht in het gat van de boog. Mijn hart begon als een luchtdrukhamer te slaan en de volgende zin van Dikke Michiel trof mij zoals een valbijl de hals treft.

'Inktvis!' schreeuwde hij schor en hij wees naar mij. 'Daarboven zit iemand!'

De Inktvis kwam direct in actie. Hij was een griezel met lang, vet, piekerig haar. Hij had een tattoo van een spinnenweb op zijn voorhoofd. En zijn armen waren zo lang dat ze bijna de grond raakten.

Ik gaf het op. Dit was het dan. Dit was mijn einde. Maar toen viel mijn blik op mijn munt, die op het fundament van de poort was gevallen. De munt was krom en verroest en daaraan kon ik zien dat het *mijn* geluksmunt was! Ik had hem lang geleden in de tramrails gevonden. Sindsdien had ik de munt altijd bij me, net als een boel andere dingen. Mijn broekzakken waren daardoor altijd uitgescheurd, waar mijn moeder heel vaak boos om werd. Maar ze kon niet weten waar ik deze 'rommel' voor nodig had. Ze wist niets van het dubbelleven van een 'Huckleberry' Fort Knox. En ze zou er ook nooit wat van weten als ik nu niet heel snel een uitweg kon bedenken. De Inktvis beklom de poort en was al bijna boven.

Ik staarde naar de geluksmunt in mijn hand alsof het de Steen der Wijzen was en toen wist ik het opeens. De vossenstaart die ik van mijn moeder gepikt had omdat ik zeker wist dat hij van mijn vader was. Ja, die vossenstaart had ik nodig.

Voorzichtig draaide ik me op mijn zij en voelde met twee vingers in mijn rechter broekzak. Shit! Waar zat dat ding nou? De Inktvis was bijna boven... Nog acht, nee hooguit

zeven seconden, dan was hij er. Pfff! Daar voelde ik de zachte
haren. Ik legde de munt voor me neer en trok de vossenstaart
uit mijn zak. Bliksemsnel schoof ik hem naar de geluksmunt
toe. Ik zag de hand van de Inktvis al. Hij zocht naar houvast,
nog maar een halve meter bij me vandaan.

Krabbenkak en kippenklauwen! Het was de allerhoogste
tijd! Ik krabbelde met mijn hand over de boog en zwaaide
met de vossenstaart heel dicht langs een van de stenen pila-
ren van de poort. Maar Dikke Michiel zag het niet, en de
Inktvis trok zich intussen omhoog naar mij. Ik had geen
keus: ik kuste mijn geluksmunt en gooide hem toen naar
Dikke Michiel. De munt sloeg tegen zijn wang, die zo groot
was als een waterbed.

'Hé!' schreeuwde hij boos. 'Wat was dat?'

Met een bliksemsnelle beweging ving hij de munt op. Hij
bekeek hem grommend en keek toen omhoog naar de poort,
waar hij de vossenstaart op de rand van de pilaar ontdekte.
Gelukkig had Darth Vader maar een zes voor biologie.

'Boomrattengigaklets! Je kunt wel weer naar beneden
komen, Inktvis! Het is een eekhoorn!'

Precies, dacht ik. Rot maar op! Maar helaas was de Inktvis niet zo helder in zijn hoofd. Na zijn vette piekhaar verscheen zijn voorhoofd met de tattoo. Ik beet mijn tanden op elkaar en bereidde me erop voor dat ik hem over een nanoseconde in de ogen zou kijken. En toen stopte die miskleun gewoon. Ik haalde opgelucht adem. De verbinding tussen zijn hersenen en zijn armen en benen was op het laatste moment toch nog tot stand gekomen.

'Waarom zei je dat niet meteen?' riep hij boos tegen Dikke Michiel.

Maar die lachte hem uit. 'Hou op. Vergeet het! Dat beestje heeft je voor je moeite betaald. Hier!' En met die woorden gooide Dikke Michiel hem mijn geluksmunt toe. De Inktvis ving hem op en stond met één sprong weer op de grond.

'Die munt is niets meer waard, man!' jammerde hij. Boos draaide hij de verroeste munt tussen zijn vingers om en om.

'Vette pech! Ga maar klagen bij die eekhoorn!' grijnsde Dikke Michiel.

Een moment dacht de Inktvis dat zijn aanvoerder dit voorstel echt meende. Mijn hart bleef stilstaan. Maar toen stopten de radertjes in zijn hersenen tegelijk en draaiden als een gokautomaat alle drie een kers. Hoofdprijs! De Inktvis schudde boos zijn hoofd en gooide de munt ver het bos in.

'En nu gaan we!' gaf Darth Vader zijn bende het vertreksein. 'Partytime! Of willen jullie al dat snoep en die blikjes soms hier achterlaten?'

Toen marcheerden ze weg. Lachend en schreeuwend liepen de Onoverwinnelijke Winnaars het Donkere Woud uit en het bouwland in. Dat bouwland noemden wij de 'Steppe'. Achter de ruïne doemden de drie flats op die als donkere torens afstaken tegen de schemerige ochtendhemel.

Ik haalde diep adem. En ik kneep mezelf drie keer achter

elkaar vóór ik kon geloven dat ik nog steeds in leven was. Krabbenkippen en klauwenkak! Maar nu werden de vogels wakker. Ik sprong van de kasteelpoort af en stormde naar huis.

Warme chocolademelk en grote geheimen

Mijn moeder en mijn jongere broer Josje waren al op. In de keuken aan de Fazantenhof rook het naar koffie en warme chocolademelk. De warme broodjes die ik meebracht, maakten het ontbijt compleet. O, wat was ik blij dat ik een broertje, een moeder en een thuis had! Dat moet je van me aannemen, anders stop ik nu meteen, en hou de rest van het verhaal voor mezelf. Duidelijk?

Goed zo. Dan zijn we het eens. Op één voorwaarde: dat je het zweert. Ja, je hebt het goed gehoord. Klap nu het boek dicht, leg je hand op het Wilde Bende-teken en zeg: 'Ik geloof dat Joeri "Huckleberry" Fort Knox, het eenmans-middenveld, oprecht van zijn broertje Josje, zijn moeder en zijn thuis houdt.'

Hup! Waar wacht je nog op? Doe dit boek dicht en leg de eed af. Ik vraag het je toch beleefd? Leg de eed voor mij af, ook als je het belachelijk vindt. Doe het voor mijn part in het geheim, maar zorg dat je het op de een of andere manier voor elkaar krijgt. Ik heb je hulp nodig, en je helpt me door me helemaal te vertrouwen. Ik vraag het je, ik smeek het je. Want anders loopt dit verhaal verschrikkelijk af.

Oké!

Dan niet.

Ik snap het wel. Vertrouwen is tegenwoordig een moeilijke zaak. Heel erg moeilijk zelfs. Zet dan maar een teken op de bladzijde! Maak er een ezelsoor in. Daar kan een Wilde Bende-boek heel goed tegen. En als het dan moeilijk begint te worden, blader je vlug terug naar deze bladzij. Afgesproken?

Ik keek naar mijn moeder. Ze smeerde de broodjes en zonder het te vragen kwam ze er zoals elke morgen weer achter waar Josje en ik het meeste trek in hadden.

'Toverbeleg,' noemde mijn broertje dat altijd, of 'verrassings-worst-kaas-marmelade-kwark-prut'. Ik bewonderde mijn moeder er enorm om. En terwijl ik mijn handen aan de

beker chocolademelk warmde, vroeg ik me zoals altijd weer af: Waarom is mijn vader er in godsnaam niet?

Mijn vader was het grote geheim dat mijn moeder voor ons verborg. Ik wist niets over hem. Nou ja, zogenáámd wist ik alles. Ik wist dat hij een fantastische man was, dat mijn moeder erg veel van hem had gehouden en dat het voor hen helaas niet mogelijk was bij elkaar te blijven. Maar in werkelijkheid wist ik maar één ding: mijn vader was er niet. Voor Josjes geboorte was hij plotseling verdwenen en ik wist dat hij in elk geval niet dood was.

Daarom had ik óók een groot geheim. De tocht naar de bakker om de broodjes te halen was alles wat mijn moeder en Josje of wie dan ook wisten van mijn ochtenduitstapjes. En ik dacht er geen seconde aan ze meer te vertellen. Ik piekerde er niet over. Zelfs niet toen ik weer zat na te griezelen van de gebeurtenissen in het Donkere Woud.

De achtste dimensie

Ook op het schoolplein waren het Donkere Woud, de graffi-ti-torens en Dikke Michiel ver weg. Daar waren we weer het beste voetbalelftal ter wereld.

'Alles is cool!' riepen Josje en ik.

'Zolang je maar wild bent!' antwoordden de andere leden van de Wilde Voetbalbende.

De zomervakantie was pas twee weken voorbij en we bruisten van de energie. We zaten nu in groep zeven. Marlon zat in groep acht. En Josje was eindelijk in groep drie geko-men. En we waren allemaal vastbesloten alleen nog maar wild en gevaarlijk te leven.

Willie wilde dat ook. Willie is onze trainer en de beste trai-ner van de wereld. Zoals elke dag waren we na school regel-recht naar het veldje gereden om te trainen. Maar deze keer remden we bij de ingang keihard af en staarden naar boven, naar het bord dat daar hing.

Dat wil zeggen, bijna allemaal. Raban reed door. Met open mond en zijn ogen op het bord gericht, reed Raban onder de ladder door waarop Willie stond te werken. Raban kwam met een klap tot stilstand tegen een vuilnisbak. Willie sprong van schrik van de ladder. Raban gooide zijn fiets in het rek en kwam teruglopen. Hij had de botsing met de vuil-nisbak amper gevoeld. Dat gold ook voor de dopsleutel die Willie van schrik had laten vallen en die op Rabans hoofd terecht was gekomen. Met enorme ogen, die door zijn bril met jampotglazen nóg groter leken, staarde Raban naar het bord dat Willie aan het ophangen was.

'Hoi Raban!' zei Willie. Hij had zich met zijn manke been weer de ladder opgewerkt. 'Nu je toch hier bent, kun je me vast wel de dertien aangeven.'

Raban staarde hem niet-begrijpend aan. Nadenkend krabde hij aan de bult die de dopsleutel hem bezorgd had. En toen ontdekte hij het stuk gereedschap met nummer dertien op het handvat in Willies gereedschapskist.

'De dertien? Natuurlijk, ogenblikje!' riep hij. Maar de dertien zat klem tussen andere tangen en sleutels. 'Dampende kippenkak!' schold Raban en hij trok woest aan de sleutel. Met een schok schoot het ding los, waardoor Raban naar achteren viel en weer tegen de vuilnisbak botste. Wij vielen bijna óm van het lachen. Zonder een woord te zeggen sprong Raban op. Hij pakte de dopsleutel en klom op de ladder. Zijn wangen waren zo rood geworden, dat zijn rode haar erbij verbleekte. Hoe hoger hij kwam, des te groter en machtiger werd het bord dat nu bijna recht hing.

In wilde, feloranje letters stond erop: 'De Duivelspot'. Dat was de naam van de grootste heksenketel aller heksenketels.

'Wauw!' fluisterde Raban. 'Dit is echt wild!'

'Zo wild als Turkmenistan!' zei Vanessa, die sinds twee weken bij ons hoorde. We hadden een gigarespect voor haar, ook al was ze een meisje.

'Krabbenklauwen en kippenkak!' grijnsde ik. 'Dit is het wildste trapveldje van de hele wereld!'

'Ja!' riep Josje. 'Hij heeft gelijk!'

Op dat moment draaide Willie zich om. Hij keek ons somber aan. De glimlach verdween van onze gezichten. Zwijgend keken we toe hoe hij de laatste schroef vastdraaide. Toen kwam hij van de ladder en hinkte het veld op. We volgden hem op gepaste afstand en gingen eerbiedig voor zijn stalletje staan.

Willie keek ons aan. Vanonder de klep van zijn rode honkbalpet hield hij iedereen in de gaten.

'Trapveldje? Doe even normaal! In wat voor wereld leven jullie eigenlijk?'

We slikten en schuifelden met onze voeten. Eerlijk gezegd wisten we helemaal niet wat we verkeerd hadden gedaan. Maar Willie balde zijn vuisten, zo boos was hij.

'Trapveldje! Ik snap jullie niet! Let even heel goed op! Degene die het klaarspeelt dit stádion nog één keer "trapveldje" te noemen, wil ik nooit meer zien. Is dat duidelijk?'

We keken elkaar aan en draaiden met onze ogen. Wat is er met Willie gebeurd? vroegen we elkaar in stilte.

Maar Willie zette nog een tandje bij. 'Ik vroeg wat! Is dat duidelijk?'

Met fonkelende ogen wachtte hij tot we knikten. 'Goed! Dan kan ik het jullie eindelijk vertellen!' mopperde hij. Heel even schoot een lachje onder de klep van zijn pet uit.

'Vanaf vandaag spelen jullie in een echte competitie. Jullie hebben een eigen divisie: groep 8 van de E-junioren. Komende zondag begint de strijd om het kampioenschap. En die strijd vindt beslist niet op een trapveldje plaats. Daarvoor heb je een arena nodig.'

Nu kon Willie zijn grijns niet meer onder zijn pet verbergen. 'Welkom in de Duivelspot, het stadion van de Wilde Voetbalbende V.W.!'

Met deze woorden draaide Willie zich om naar zijn stalletje. Hij greep een reusachtige hendel die aan zijn stokoude elektriciteitskastje vastzat. Kreunend en steunend drukte hij hem naar beneden. Vonken spatten in het rond, zodat we

allemaal schrokken. Het knetterde, siste, kraakte en knalde.
Willie was zeker weten geen elektricien. Maar nu sprongen
aan zes hoge palen rond het veld, bouwlampen aan.

'Krabbenklauwen en kippenkak!' riep ik verbaasd.

'Echte schijnwerpers!' riep Raban enthousiast.

'Wat had je dan gedacht?' zei Willie lachend.

En Leon, onze aanvoerder, voegde daaraan toe: 'Dacht je

dat het een zandbak was? Man, je staat hier in de Duivelspot!'
Hij pakte een flesje cola aan van Willie. 'Het wildste stadion in de achtste divisie!'

'Op Willie!' Marlon, Leons broer, hief zijn flesje.

'Ja, op Willie, op de Duivelspot en op de lampen!' jubelde Raban.

En Josje, mijn kleine broertje, riep zo hard hij kon: 'Het wildste stadion in de achtste dimensie!' We schoten allemaal in de lach.

En Willie zei: 'Die houden we erin! Het wildste stadion in de achtste dimensie!'

Tattoo's en andere dromen

Natuurlijk trainden we die hele dag tot het pikdonker was. De schijnwerpers moesten tenslotte ingewijd worden. Toen gingen we allemaal naar huis en kropen in bed. En terwijl onze ouders dachten dat we rustig sliepen, kwamen we weer bij elkaar op Camelot. Zo heette ons boomhuis. Ik heb het samen met Josje in onze tuin gebouwd. Het is drie verdiepingen hoog.

Zoals altijd als er iets belangrijks aan de hand was of als we in groot gevaar waren, zetten we het oude houten vat in ons midden. We noemden het vat het Aambeeld. De een na de ander legde zijn onderarm erop.

Marlon tekende intussen met een dunne zwarte viltstift

bij iedereen een tattoo op de arm: het logo van de Wilde Bende boven gekruiste botten. Dat paste bij de Duivelspot. En bij onze spelerscontracten, die eruitzagen als schatkaarten. Dat hoorde bij Willies verhalen waarnaar we ook nu weer ademloos luisterden. Hij vertelde over Marco van Basten in de eerste EK-wedstrijd. En het paste bij onze dromen. Dromen van een eigen competitie. En van overwinningen met het beste elftal van de wereld. En dromen van een leven met de Wilde Bende waarin je iedereen kon vertrouwen en op iedereen kon rekenen.

'Hé! Alles goed?' vroeg Vanessa opeens aan mij. Ze stond in de deur van het boomhuis en keek me aan.

Ik keek verrast op. Toen keek ik om me heen. Behalve Vanessa, Marlon en Leon was iedereen weg. Klauwenkrab en kakkenkip! Wat was er met mij aan de hand?

Vlug veegde ik de tranen van mijn wang. 'Natuurlijk is alles goed!'

'Echt? Weet je het zeker?' vroeg Marlon. Leon keek me alleen maar aan.

'Natuurlijk! Wat zou er aan de hand moeten zijn? Kom op, naar huis!' riep ik lachend. 'Morgen wordt het een zware dag. Het gaat om het kampioenschap!'

Om Vanessa's mond verscheen een glimlachje.

'Precies!' zei ze.

'Ja, en alles is cool!' zei ik met hetzelfde lachje.

'Zolang je maar wild bent!' antwoordde Marlon. Hij en Vanessa gingen naar huis.

Nu was alleen Leon er nog. Hij keek me aan. Toen stak hij zijn hand in de lucht voor een high five.

'Joeri, we rekenen op je,' zei hij. En hij keek me door mijn ogen heen recht in mijn ziel.

Ik knikte en nam de high five aan.

Door het Donkere Woud en
over de Steppe

Op school was het zoals altijd. Maar thuis zat ik al bij de lunch onrustig op de houten bank heen en weer te schuiven. Toen verdween ik naar mijn kamer. Ik had een eeuwigheid nodig voor een paar onnozele staartdelingen die we als huiswerk moesten maken.

Josje riep al voor de derde keer uit de keuken: 'Waar blijf je nou? De training begint over tien minuten!'

Ik sprong op, rukte de deur van mijn kamer open en snauwde: 'Ja, en over een minuut zijn het er nog negen! Ik krijg de zenuwen van jou! Waarom ga je niet vast? Ik ben oud genoeg. Ik kan de weg wel alleen vinden!'

Josje keek verbaasd naar mijn moeder. Die haalde haar schouders op. Toen keek hij weer naar mij. 'Als je met die chagrijnige kop op het middenveld voor vier moet tellen, is het misschien beter als je verdwaalt!'

Hij pakte zijn rugzak, rende de keuken uit, de tuin in, sprong op zijn fiets en was verdwenen. Ik ging terug naar mijn kamer en deed verschrikkelijk druk. Maar in werkelijkheid telde ik alleen maar tot honderd. Toen stormde ik heel hard mijn kamer uit, zodat mijn moeder niet zou zien dat ik geen voetbalschoenen en geen rugzak meenam.

Ik rende en rende, en nam een weg waar ik niemand van mijn vrienden zou tegenkomen. Ik bleef pas staan voor de

ruïne. Buiten adem en met bonkend hart liep ik voor het eerst van mijn leven door de woeste tuin eromheen. Het was er doodstil. Ik liep vlug verder en stopte abrupt omdat ik aan het andere einde van het Donkere Woud was gekomen.

Voor me lag de troosteloze Steppe, waaruit zich de drie graffiti-torens verhieven. Ik was nog verstopt tussen manshoge brandnetels. Ik had me nog kunnen omdraaien. Maar sinds gisteren was dat niet meer mogelijk.

Krabbenkak en kippenklauwen! Begrijp je het dan niet? Wie van jou of je vrienden heeft een eigen stadion? Een stadion dat de 'Duivelspot' heet en dat lampen heeft die je zelf aan en uit kunt doen?

Dat moest ik toch aan mijn vader vertellen? Net als Leon, Marlon, Fabian, Rocco en Max dat gedaan hadden. Dat had ik gisteren begrepen toen mijn arm op het aambeeld lag en Marlon met een dunne viltstift 'Wilde Voetbalbende' op mijn arm 'tatoeëerde'. Daarom moest ik ook huilen. Ik had me voorgesteld hoe blij mijn vader zou zijn als ik hem alles vertelde. Of als ik hem voor het kampioenschap in de achtste divisie zou uitnodigen.

Ik haalde diep adem en liep daarna door. Bij Dikke Michiel en zijn Onoverwinnelijke Winnaars had het geleken alsof de brandnetels eerbiedig voor hen uit elkaar bogen. Maar mij sloegen de prikkende bladeren tegen armen en benen en zelfs in mijn gezicht. En toen was ik op de Steppe.

Voorzichtig keek ik om me heen in de verlaten woestenij. Melkkleurig gras en distels groeiden op de stoffige grond. En hoewel het klaarlichte dag was, schoot er een rat vlak voor mijn voeten langs.

Ik schrok en bleef weer staan. Ik zocht wanhopig naar een reden om terug te kunnen gaan. Maar er was geen twijfel mogelijk. Mijn vader moest in een van die torens wonen. Dus liep ik door. En terwijl ik de Steppe overstak, probeerde ik de ratten niet meer te zien. Het was ook allemaal niet zo erg. Ik zou gewoon de naambordjes bij de bellen in de flats bekijken en naar een meneer Michael Marsman zoeken. En zodra ik mijn vader gevonden had, zou die me beschermen.

Ja, daar was ik heilig van overtuigd toen ik de parkeer-plaats tussen de graffiti-torens op liep.

De wind floot om de grauwe betonnen flats. Ze kreunden en steunden alsof het levende monsters waren die zo wakker konden worden. De graffiti op de muren vertelde uitvoerig wat er dan met iemand kon gebeuren. Op zoek naar hulp keek ik naar de nieuwe tattoo op mijn onderarm. Naast de graffiti op de torens leek mijn tattoo op een kauwgum-plak-plaatje.

Kippenklauw en krabbenkak! Wat was ik bang! Maar ik heb je aan het begin van dit verhaal gewaarschuwd. Ik heb je gezegd: 'Zoek een veilige plek op! Het beste is met je rug tegen de muur te gaan zitten en steeds een zaklamp klaar te houden.' Nou ja, misschien was dat wat overdreven. Dat spijt me, maar terug kan nu niet meer.

Of misschien ook wel. Ik was tenslotte alleen. Geen Dikke Michiel of andere miskleun te bekennen. Toch liep ik met gebalde vuisten op de eerste flat af. Het glas van de voordeur was gebarsten. Het zag eruit als een spinnenweb. Ik begon de naamplaatjes naast de bellen te lezen.

'Marsman, Marsman, Marsman,' fluisterde ik bezwerend. Maar hoe langer ik zocht, hoe meer ik de moed verloor. Nee, hier wilde ik geen postbode zijn. De meeste plaatjes hingen half los of waren verroest. Vaak waren het kaartjes van dun karton. Soms zaten een paar kaartjes over elkaar heen ge-plakt en waren daardoor nauwelijks leesbaar.

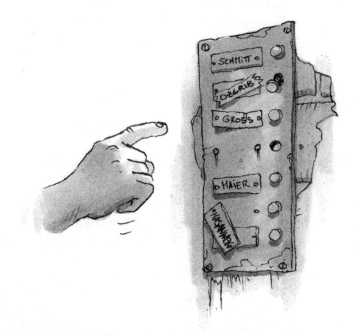

Toch gaf ik het niet op. Want dit leek een gunstig moment. Dikke Michiel en zijn bende waren er niet en misschien had ik geluk. Misschien woonde er een Marsman in een van de andere twee flats.

Langzaam liep ik tussen de auto's door naar de tweede toren. Soms leek het of er schaduwen om me heen gleden. Maar ik deed gewoon of ik ze niet zag. Net als met de ratten op de Steppe. Toen ik de grote deur van de tweede flat open wilde duwen, lukte dat niet. Hij viel voor me in het slot. Ik schrok en bleef roerloos staan. Er werd ergens gegiecheld, maar ik zag niemand. Ten slotte wist ik mezelf ervan te overtuigen dat dit gegiechel alleen maar in mijn hoofd bestond. Ik voelde nog een keer aan de deur, die nu tot mijn verrassing openging.

Hier was alles anders. Het glas in de deur was heel en de plaatjes naast de bellen waren netjes en duidelijk leesbaar.

'Marsman, Marsman, Marsman,' begon ik weer. 'Marsman! Marsman! Marsman!' klonk het tegelijkertijd in mijn hoofd.

En toen stonk het opeens om me heen naar oud vuilnis. Gadver, dacht ik en ik snakte naar adem. Maar mijn adem reutelde plotseling als de adem van een stokoude potvis die de hele wereld had rondgezwommen. Toen drong het tot me door. Het gegiechel zat niet in mijn hoofd, zoals het 'Marsman! Marsman! Marsman!' dat ik nog steeds hoorde.

'Krabbenkip en klauwenkak,' mompelde ik.

Met deze woorden draaide ik me langzaam om en keek recht in het gezicht van Dikke Michiel.

'Hoihoi!' zei hij hijgend. 'Ik ben Dikke Michiel van Mars. En ik kom natuurlijk in vrede!'

Ik keek hem aan alsof ik hem niet begreep. Even overwoog ik om naar de hemel te schreeuwen: alstublieft, lieve Heer, laat niet gebeuren wat ik nu denk!

Ik had het graag gedaan. Maar ik vond ook dat ik op mezelf moest kunnen rekenen. Bliksemsnel wilde ik ervandoor gaan. Maar dat werd me niet gegund.

Achter me werd de deur verder opengetrokken, en de Inktvis, de Zeis en Kong sprongen naar buiten. Voor me Dikke Michiel, achter me drie miskleunen.

Ik zat definitief in de val. Daaraan viel niet meer te twijfelen, en ik had de rest op de parkeerplaats nog niet eens gezien. Ik zat in de val, recht tegenover het monster der monsters. En niet één lid van de Wilde Bende in zicht.

Dikke Michiel keek me met een scheve grijns aan.

Dat is ongeveer het vriendelijkste wat hij voor elkaar krijgt, dacht ik.

En dat was mijn laatste gedachte. Want wat er daarna met me gebeurde, zou ik niet meer weten.

Het verdrag met de duivel

Toen ik weer helder kon denken, was ik aan de rand van de parkeerplaats tussen de flats.

Ik lag in de laadbak van een kleine vrachtwagen. Toen ik m'n ogen opendeed, zag ik als eerste het gezicht van Dikke Michiel. Hij lag met zijn lompe lijf boven op de cabine. De

inhoud van mijn zakken lag voor hem. Als een gorilla met een Darth Vader T-shirt aan scharrelde hij peinzend met zijn handen tussen mijn spullen.

'Hé! Wat wil je daarmee? Dat is toch alleen maar rommel!' zei ik snel.

Dikke Michiel mompelde zoiets als: 'Dat zie ik ook wel!' Maar op dat moment pakte hij de vossenstaart.

Voorzichtig hield hij hem vast en keek er lang naar, alsof hij niet wist wat het was. Hij had maar een zes voor biologie. En hij zag ook niet het verschil tussen een vossenstaart en een eekhoornstaart. Maar hij herkende de staart wel.

'Moet je dit zien!' fluisterde hij geheimzinnig en hij zwaaide met de staart door de lucht. 'Inktvis, herken je deze?'

Zodra Dikke Michiel begon te denken, schrok de Inktvis wakker. Alle Onoverwinnelijke Winnaars lagen te suffen. Maar ik verloor hun boosaardigheid niet uit het oog. Krokodillen liggen precies zo in de moerassen, tot ze heel plotseling toeslaan. En net als een krokodil verdraaide de Inktvis nu een van zijn ogen. Hij keek scheel in de richting van de cabine, waarop de roverhoofdman nog steeds lag uitgestrekt.

'Deze kleine dwerg heeft ons belazerd!' brulde Dikke Michiel. En toen lichtten de laserogen tussen de vetplooien op. Bliksemsnel, alsof zwaartekracht voor deze dikzak niet bestond, sprong hij in de laadbak. Hij kwam naar me toe.

'Deze dwerg heeft niet alleen niks bij zich wat we kunnen gebruiken. Deze dwerg heeft ons ook nog belazerd. Hij heeft ons afgeluisterd toen we met onze buit terugkwamen. En nu loopt deze dwerg ons ook nog te bespioneren!'

Met deze woorden pakte hij me vast met zijn handen als kolenschoppen. Hij trok me overeind en tilde me op. Mijn voeten bungelden in de lucht en ik voelde me helemaal niet wild meer. Ik was honderd procent dwerg! Dikke Michiel haalde diep adem en blies de geruite pet van mijn hoofd. De kracht waarmee dat gebeurde, deed me denken aan een neushoorn die een scheet laat.

'Maar nu is het uit met speurdertje spelen, dwerg!' siste hij. 'Duidelijk?' En hij slingerde me minstens drie meter door de lucht.

Ik vloog tegen de cabine. Mijn botten vielen als mikadostokjes op het laadvlak. Dat doofde mijn laatste restje galgenhumor als een kaars in de storm. Daarna was het stil. Even stil als mijn situatie ernstig was. Want nu bewogen de andere krokodillen zich ook om me heen. 'Vechten' was het toverwoord dat hen wakker kon schudden. En in tegenstelling tot Dikke Michiel zaten de spieren van de Zeis, de Inktvis en Kong niet verstopt onder dikke potvis-vetrollen. Daar kwam ook nog het rammelen van de fietsketting bij, die de Zeis van zijn blote borst had gehaald en nu genietend door zijn vingers trok. Het ratelde als een bom die zo zou ontploffen.

Alle krabbenklauwen! Zelfs het opduiken van Josje, die we 'het geheime wapen' noemen, zou nu een vonkje hoop hebben gegeven. Maar hij was net als de andere leden van de Wilde Bende daar waar hij thuishoorde. Bij de training in de Duivelspot.

Kreunend en steunend ging Dikke Michiel nu voor me op zijn knieën zitten. Zijn laserogen lichtten me door tot in het achterste hoekje van mijn ziel.

'Wat doen we nou met jou?' hijgde hij zo medelijdend dat het bloed in mijn aderen stolde. 'Wat doen we nou?'

'I-i-ik weet het n-n-niet!' stotterde ik. 'Maar a-als ik te veel last be-bezorg, kan ik wel weggaan.'

Bliksemsnel zocht ik mijn botten weer bij elkaar. Ik wilde

net opstaan, toen een van de kolenschoppen van Dikke Michiel de hemel verduisterde en me als het deksel van een gigantisch tosti-ijzer op het laadvlak plakte.

'Wat doen we nou met jou?' zeurde Dikke Michiel door, alsof er helemaal niets gebeurd was.

'Laten we hem martelen!' stelde de Inktvis voor alsof hij de anderen uitnodigde voor een spelletje kaarten.

'Ja, goed idee,' grijnsde de Zeis. 'We trekken heel hard aan zijn tenen! Deze dwerg is lid van de Wilde Voetbalbende! En met zere tenen kun je voetballen wel vergeten!'

Kong zei niets, maar vouwde zijn handen en liet zijn vingers knakken. Mijn tenen wilden terugschieten in mijn voeten, zoals koppen van schildpadden terugschieten onder hun schild. Maar dat was helaas niet mogelijk. Net zomin als het mogelijk was om ervandoor te gaan. Ik lag daar, met die enorme hand van Dikke Michiel op mijn borst, en kon me niet bewegen.

Dus eerst word ik gemarteld en dan trekken ze heel hard aan mijn tenen, probeerde ik me op mijn lot te concentreren. Misschien had ik geluk en zou ik al bij het martelen flauwvallen. Maar shit! Ik was Joeri 'Huckleberry' Fort Knox, het eenmans-middenveld! En zij waren een stelletje idioten. Bang zijn voor hen was even stom als wanneer Ajax zou verliezen van Oost-Knollendam.

'Wacht even!' riep ik daarom vastbesloten. 'Misschien is er een betere oplossing. Misschien kunnen jullie me nog ergens voor gebruiken.'

Ik keek zo veelbelovend als ik maar kon. En dat viel niet mee. Ik had namelijk geen flauw idee wat dat zou kunnen betekenen.

De Inktvis, de Zeis en Kong keken nu zo teleurgesteld alsof ze geen toetje kregen. Ze hadden zich erg op mijn marteling

verheugd. Maar Dikke Michiel floot tussen zijn tanden.

'Zo-zo-zo!' siste hij. 'De dwerg is niet dom. Er is inderdaad iets wat we nodig hebben!'

Hoera! Op dit moment stroomde er een geluksgevoel door me heen dat ik anders alleen maar met Kerstmis had. Maar geluksmomenten hebben een groot nadeel. Ze zijn te kort, zeker als Dikke Michiel voor je zit.

'Geld!' fluisterde hij nu. 'We hebben geld nodig! Ik geloof niet dat ik het je duidelijker hoef uit te leggen!'

Ik keek op naar de verwaarloosde flat en wist meteen wat hij bedoelde.

'Maar in jouw buurt,' ging hij verder, 'is meer dan genoeg geld. Toch?'

Ik dacht aan de chique Eikenlaan, aan de villa van Marcs ouders en aan Rocco's kasteel, Hemelpoort 13. Krabbenkak en kippenklauw! Wat had ik gedaan?

Maar Dikke Michiel kon mijn schrik niet delen.

'Nou, en waar de ouders rijk zijn, daar krijgen de kinderen

vast ook een hele hoop zakgeld, hè? En wat zou je ervan vinden als we de geldstroom een beetje verlegden? Ik bedoel: als het geld uit de zakken van je vrienden naar ons zou stromen? Denk je dat je dat voor elkaar krijgt?'

Hij keek me vol verwachting aan. En ik zweer je dat ik alles probeerde om mijn verontwaardiging te laten zien. Ik wilde woedend protesteren. Of in elk geval boos mijn hoofd schudden. Maar mijn tenen waren sterker dan ik.

Dikke Michiel glimlachte tevreden. 'Oké! Afgesproken! Morgenavond is het betaaldag!'

Met deze woorden liet hij me los en ik benutte de kans. Ik sprong op en griste de inhoud van mijn zakken terug.

'Wat doe je daar?' vroeg een boze stem. Ik keek geschrokken op. Het was de vrachtwagenchauffeur. De Onoverwinnelijke Winnaars waren spoorloos verdwenen.

'Wat doe jij daar?' vroeg de chauffeur weer. 'Ik heb je hier nog nooit gezien. Alles in orde met je? Heb je misschien hulp nodig?'

Pas nu merkte ik hoe ik bibberde en ook hoe vriendelijk de man tegen me was. Hij wilde me helpen. Hij was niet als Dikke Michiel. Hij was niet mijn vijand. Maar om de een of andere reden schudde ik mijn hoofd. Ik sprong van de vrachtwagen en rende zo hard ik kon de Steppe op.

Maar dat was een vergissing, want daar dook Dikke Michiel weer voor me op.

'Stop!' schreeuwde hij.

Ik verstarde, alsof ik midden in mijn beweging bevroren was.

'Stop,' herhaalde Dikke Michiel zachtjes. 'Morgenavond. Dat is de afspraak. En anders laat ik de Inktvis, de Zeis en Kong op je los.'

Ik knikte en Dikke Michiel grijnsde.

'Doe je best. We zien elkaar op school,' slijmde hij.

Ik zei niets, maar zette het op een lopen. Ik had zo'n bloed-hekel aan die dikzak. Voor het eerst in mijn korte leven wou ik dat ik Fabian was, de snelste rechtsbuiten ter wereld.

Waar was je, Joeri?

Toen ik thuiskwam, omhelsde ik iedereen.

'Ik ben er weer!' riep ik enthousiast. 'Zien jullie dat? Ik ben er weer!'

Ik knuffelde mijn moeder en gaf Josje een dikke kus. Die sloeg me meteen op mijn neus.

'Gadver!' schold hij. Maar daarvoor kreeg hij direct nog een zoen – en ik zijn vuist in mijn maag.

'Ik háát het als je dat doet!' schreeuwde Josje tegen me en ik straalde als een engel.

'En ik hou daarom nog meer van je!' riep ik. 'Kom op, geef me nog een dreun, als je wilt!' Grootmoedig bood ik hem mijn kin als volgend doel aan, en Josje nam het aanbod aan. Hij haalde uit en sloeg. Deze keer ging ik tegen de grond. Dat wil zeggen, een paar seconden lang wist ik niet meer zo goed waar ik was.

Toen keek ik een beetje verdoofd op naar mijn broertje. 'Krabbenklauw en kippenkak! Dat noem ik broederliefde,' kreunde ik.

'Precies! En je kunt zoveel krijgen als je maar wilt,' dreigde hij.

Ik wreef over mijn zere kin en grijnsde tegen hem. 'Dat is te aardig van je, broertje. Maar laten we even rustig aan doen. Straks hou ik zo veel van je dat ik met je wil trouwen!'

Josje werd vuurrood. Hij snoof, stak zijn vuisten hoog in

de lucht en wilde opnieuw uithalen. Maar toen liet hij zijn armen weer zakken. 'Joeri spoort niet,' zei hij droog tegen onze moeder en hij liep de keuken uit.

'Ondanks dat ben ik heel erg blij dat jullie twee er zijn!' riep ik hem na en ik keek listig mijn moeder aan.

Ze zat aan de keukentafel en stopte tenen knoflook in de pers. Ze keek me aan en drukte de pers toen met grote kracht dicht.

'Waar was je, Joeri?' vroeg ze alleen maar en ik was haar het liefst om haar hals gevlogen.

'Ik ben in de hel geweest, mam!' wilde ik tegen haar zeggen. Maar ik zei niets omdat ik bang was dat ik ging huilen.

En precies zo ging het de volgende dag op school.

'Dampende kippenkak! Joeri, waarom was je er niet?' vroeg Raban. Hij stond bij het hek. Samen liepen we het schoolplein op. 'De achtste dimensie is keihard. Willie heeft ons aangemeld voor een groep waarin iedereen een jaar ouder en groter is dan wij. Dat moest, omdat Marlon anders niet mocht meedoen. En daarom hebben we jou hard nodig. Zonder jou is onze verdediging een Zwitserse gatenkaas.'

Met deze woorden kwamen we bij de anderen aan en meteen keken alle leden van de Wilde Bende naar mij. Maar dat was nog niet alles. Ik voelde ook die andere ogen, en die brandden als vuur. Ik voelde de grond onder mijn voeten heet worden en ik begon onrustig te schuifelen of ik op een gloeiende haardplaat stond.

Ik voelde me ellendig, maar Dikke Michiel had er duidelijk plezier in. Tevreden stond hij aan de rand van het schoolplein onder de bomen en staarde me aan.

'Hé, alles goed?' vroeg Vanessa net als de avond ervoor op Camelot en ik gaf voor de tweede keer geen eerlijk antwoord.

'Wat zeg je? Natuurlijk. Wat moet er dan zijn?'

'Weet je het zeker?' vroeg Marlon en Leon keek me alleen maar aan. Hij zweeg.

Geen 'Joeri, we bouwen op je!'

Geen 'Alles is cool, zolang je maar wild bent!'

Hij keek me alleen maar aan en ik wist dat hij geen woord geloofde van wat ik zei.

Kippenkrab en krabbenklauw! Dat was te veel. Ik wilde geen leugenaar of verrader zijn! Ik hoorde bij de Wilde Bende en mijn vrienden zouden me heus wel beschermen. Dikke Michiel kon de boom in!

Ik zou Leon, Marlon en Vanessa alles vertellen. Toen blies Dikke Michiel een dikke bel van kauwgum en liet die knallen. Geschrokken draaide ik me naar hem om en zag de Inktvis, de Zeis en Kong als drie grijnzende tijgerhaaien recht op me af komen. Gelukkig ging toen net de bel.

Te mooi om waar te zijn

In de klas lette ik nauwelijks op. En toen Fabi ons in de eerste pauze bij elkaar riep, werd ik zenuwachtig.

'Aanstaande zaterdag is Willie jarig. Op de dag van onze eerste wedstrijd in de achtste dimensie,' zei hij. 'Breng daarom allemaal je zakgeld mee als je straks naar de Duivelspot komt, oké? Willie heeft een pak nodig.'

We keken hem aan en begrepen er niets van.

'Wat nou!' kreunde Fabi. 'Weten jullie dan helemaal niks van voetbal? Kom op. Wij hebben shirts met logo's en oranje kousen. Maar Willie loopt nog steeds in gewone kleren op de Duivelspot. En die kleren zijn al zo vaak versteld dat je niet eens meer kunt zien wat de broek is en wat het hemd. En daarom, en omdat een echte eredivisie-trainer er picobello uit moet zien, geven wij Willie een pak. Een echt pak met een vette stropdas erbij.'

De anderen waren enthousiast over Fabi's idee. Maar ik hield geschrokken mijn mond. Hoe kon ik nou geld van mijn vrienden stelen dat voor Willies verjaarscadeau bedoeld was? Wat voelde ik me rot! Maar kort voor de school uitging, kreeg ik een geniaal idee.

Deze keer was ik het die Josje liep op te jagen. We moesten naar de training, zo snel mogelijk. Als een tijger in zijn kooi liep ik in onze keuken te ijsberen. Maar ten slotte zaten we allebei op onze fiets en reden keihard naar de Duivelspot.

Daar trainden we beter dan ooit. Er stond countervoetbal op de planning. Daarmee wilde Willie de teams die een jaar ouder waren verslaan. Marc de onbedwingbare liep uit het doel en schoot de bal uit de hand heel ver over de middenlijn. Daar sprongen wij, Max 'Punter' van Maurik, Marlon de nummer 10, Vanessa de onverschrokkene, of ik, Joeri 'Huckleberry' Fort Knox, de bal tegemoet. We namen hem uit de lucht aan en speelden hem door, nog voordat hij de grond raakte. Van daaruit kwamen de buitenspelers voor het doel en daar renden onze spitsen er al op af. Fabian, de snelste rechtsbuiten ter wereld, knalde de bal als een tor-pedo in het doel. Of hij gaf een keiharde voorzet vanaf de zijkant. Dan hoefde Leon de slalomkampioen alleen nog maar de neus van zijn schoen op te houden om de bal te laten zakken. Felix de wervel-wind, of Jojo die met de zon danst, kwam van links en speel-de naar Rocco. En Rocco de tovenaar sloot altijd af met een tover-truc. Een schaarbeweging of hakje. Of hij combineer-de zo snel met de mee oprukkende Marlon dat zelfs Willie dui-zelig werd van het toekijken.

We voelden ons weer het beste elftal van de wereld. En Willie, die anders steeds maar meer van ons eiste, ging zwijgend voor zijn stalletje in het gras zitten en keek naar ons. Zo enthousiast was hij.

Maar het meest tevreden was ik over mezelf. Ik hoorde weer bij de Wilde Bende. En zelfs toen Fabi ons zakgeld verzamelde, was ik ervan overtuigd dat ik mijn vrienden nooit zou verraden. Kom, blader even terug naar de bladzijde waarin je een ezelsoor hebt gemaakt en leg de eed voor me af! Want dat heb ik verdiend, en ik zal het ook meteen bewijzen.

Het zakgeld dat we hadden meegebracht was namelijk lang niet genoeg om een pak van te kopen. Even waren we erg teleurgesteld. Maar toen kreeg ik een idee. We moesten voor morgen nog meer geld inzamelen. Iedereen moest zijn ouders, ooms, oma's, opa's en tantes vragen om een bijdrage voor het cadeau.

'Wat denken jullie daarvan?' vroeg ik trots.

De anderen keken me verrast aan, vooral Marlon, Vanessa en Leon.

Toen grijnsde Vanessa. 'Alles is cool!' zei ze.

'Zolang je maar wild bent!' antwoordde ik lachend en Marlon stak zijn hand op voor een high five. Ik deed mee. Toen vormden we onze kring. Iedereen legde zijn armen om elkaars schouders. Leon keek me recht aan, telde tot drie en toen schreeuwden we keihard onze strijdkreet: 'RAAAHHH!'

Een 'RAAAHHH!' dat in het Donkere Woud, over de Steppe tot bij de graffiti-torens te horen moest zijn. En dat gaf me moed. Want naar die torens moest ik vanavond nog terug, zoals je weet...

Terug in de hel

Thuis in de Fazantenhof was ik heel stil. Ik deed alsof ik doodmoe was. Dat maakte mijn moeder niet vaak van me mee. Toen ik ook nog vrijwillig afzag van het halfuur tv-kijken voor het slapengaan, begreep ze er niets meer van.

Ook Josje zei: 'Mam, Joeri is ziek!' Hij stond hoofdschuddend op van de keukentafel en zette de tv aan.

Normaal gesproken zou hij in ruil voor zijn commentaar een stomp van me hebben gekregen. Nu gaapte ik alleen maar. Ik rekte me uit en keek maar vijf minuten naar mijn lievelingsprogramma. Ik had er nog nooit een aflevering van gemist. Maar nu mompelde ik zo slaperig en onverstaanbaar mogelijk: 'Welterusten!'

Ik stond langzaam op, alsof ik minstens honderd was. Ik slofte naar de badkamer, waar ik me een beetje waste en mijn tanden poetste. Daarna verdween ik in mijn kamer. Ik kroop aangekleed in bed en zag op tijd mijn pyjama op de stoel liggen. Vlug stopte ik die bij me in bed. Toen verscheen mijn moeder al in de deuropening. Pfff! Ik trok mijn dekbed op tot aan mijn kin.

Mijn moeder keek me eventjes argwanend aan. Maar daarna stond haar gezicht alleen maar bezorgd.

'Kom je wel bij me als je hulp nodig hebt?' vroeg ze. Ik slikte een brok, zo groot als een mandarijn, weg.

'Ja, natuurlijk, mam,' antwoordde ik. En ik was er vast van

overtuigd dat ik niet tegen haar gelogen had. Mijn plan was goed. Vannacht nog zou alles goed komen.

'Slaap lekker!' zei mijn moeder en ze gaf me een kus op m'n voorhoofd. En ik antwoordde: 'Dank je, mam. Jij ook!'

Ik wachtte nog tot ze Josje naar bed had gebracht en ik haar pianospel hoorde. Anders vond ik het altijd heerlijk als ik bij haar muziek kon inslapen. Niemand speelde beter dan mijn moeder. Maar nu stond ik zachtjes op. Ik pakte mijn spaarvarken van de boekenplank, griste mijn spijkerjack van de stoel en kroop door het raam naar buiten, de nacht in.

Buiten op straat legde ik het spaarvarken op de grond met mijn jack erbovenop. Ik pakte een steen en sloeg het varken

stuk. Dat ging bijna geluidloos. Josje en mijn moeder konden het onmogelijk gehoord hebben. Er lag 32 euro en 65 cent tussen de scherven. Ik stopte het geld in mijn zak. De scherven gooide ik tussen de struiken in de voortuin. Ik wilde net wegrennen, toen ik opeens verstijfde.

In het huis schuin aan de overkant zag ik Fabi in zijn kamer staan. Hij keek mijn kant uit. Ik dook weg achter het muurtje van de voortuin. En ik bad dat hij me niet zag. Maar toen schoot het door mijn hoofd: hij kan mij niet zien, het licht in zijn kamer is aan. Opgelucht rende ik weg. Ik rende en rende en merkte daarom niet dat Fabi's blik me volgde. Zijn raam stond open en daardoor kon hij me duidelijk zien. Maar dat wist ik niet. Ik rende zo hard ik kon en stopte pas toen ik aan de andere kant van het Donkere Woud was.

Voor me lag de Steppe die ik al zo vaak had gezien. Maar nu, in de nacht, zag die er angstaanjagender uit dan 's morgens vroeg als ik naar de oude ruïne kwam om mijn geluksmunt op te gooien. Dan strekte ik mijn armen uit, omdat ik wilde voelen naar welke kant de munt me trok. Ik had er nooit zelfs maar aan gedacht de Steppe in het donker over te steken.

Weer sloegen de brandnetels in mijn gezicht. Ik dacht aan de ratten die hier overdag huishielden. Hoeveel van die beesten zouden er 's nachts rondrennen?

Toch liep ik stevig door. Distels krabden langs mijn benen en glasscherven versplinterden onder mijn schoenzolen. Ik schrok verschrikkelijk toen ik laserogen om me heen zag. Ze glipten langs mijn voeten en werden door naakte staarten achternagezeten. De grond om me heen leek te wemelen van de ratten.

Ik zette het op een lopen tot ik op de parkeerplaats tussen de graffiti-torens stond. Ik verbeeldde me dat ik daar veilig was, maar dat was natuurlijk onzin. Al bij daglicht had mijn hart uit pure angst in mijn keel geklopt. En nu voelde ik het bonken door mijn hele lijf.

Boven me en om me heen verhieven de drie donkere torens zich tegen de sterrenhemel en daartussen stonden auto's geparkeerd. Huiverend dacht ik nog even aan de ratten waarvoor ik net was weggerend.

Krabbenklauwen en kippenkak! Wat deed ik hier eigenlijk? Waarom liet ik Dikke Michiel niet gewoon stikken en maakte ik dat ik wegkwam? Een geniaal plan, maar hoe wil je iemand als Dikke Michiel laten stikken als hij plotseling voor je neus staat? Want dat gebeurde! En natuurlijk met een zaklamp die fel als een schijnwerper in je ogen schijnt. Wat doe je als zo verblind wordt? Het enige dat ik van de wereld om me heen herkende, waren de schaduwen van de strontvliegen die om Dikke Michiel heen zwermden. De schaduwen van Varkensoog, de Maaimachine, de Stoomwals, de Inktvis, de Zeis en Kong.

'Alle waterratten en varkensscheten!' fluisterde Dikke Michiel verbaasd. 'Ons dwergje heeft het inderdaad gedurfd. Hij verdient een medaille voor zijn moed, vinden jullie niet?'

Dikke Michiel hield zijn buik vast van het lachen en ik werd razend. Die onbetrouwbare hufters hadden me erin geluisd. Ik had hier helemaal niet heen moeten gaan! Alle zorgen, het slechte geweten en de angsten, die ik een hele nacht en een hele dag gevoeld had... Zelfs de liefdesverklaring aan Josje was niet nodig geweest. Zo overbodig als... als... een wrat op je billen.

Maar nu groeide die wrat. Hij werd steeds groter en veranderde, als bekroning, in Dikke Michiel.

'Nou, laat maar eens zien wat je hebt meegebracht,' grijnsde Dikke Michiel. Hij tilde me op en draaide me in de lucht

ondersteboven. Toen pakte hij me bij mijn voeten beet en
begon me heen en weer te schudden. Het duurde lang tot al
het geld uit mijn zakken was gevallen.

'Hé! Te gek! Schitterend! Een echte schat!' zei hij verbaasd
en liet me gedachteloos vallen, als een lege zak.

'Inktvis! Raap dat eens op!' schreeuwde hij en hij bedoelde
natuurlijk niet mij. Ik bestond al helemaal niet meer en je
weet niet hoe blij ik daarom was. Ik sloeg het vuil van mijn
handen. Ik had mijn val gelukkig kunnen breken. Ik had het
dus gered. Ik had mijn eigen vrienden niet hoeven verraden.
Die dikke sukkel had genoeg geld gekregen.

'Kom op! Actie! Actie!' riep Dikke Michiel. 'Het is genoeg voor een echte deal! Mijn neef heeft gisteren de lading van een supermarkttruck heel goedkoop kunnen kopen. En jullie weten wat dat betekent!'

De anderen juichten. De Inktvis liep te zwaaien met zijn handen vol met mijn geld. Even later waren ze er allemaal vandoor. Ik haalde opgelucht adem en opeens vond ik de drie graffiti-torens de veiligste plek van de wereld. Maar toen keerde Dikke Michiel terug.

'Was ik jou bijna vergeten!' slijmde hij. 'Dat spijt me oprecht. Je brengt ons vrijdag nog zoiets, maar dan drie keer zo veel! Duidelijk?'

'W-w-wat zeg je? Ben je gek geworden? Waar moet ik zo veel geld vandaan halen?' riep ik. 'Nee, vergeet het maar! Dat red ik nooit!'

'Dat méén je niet!' grijnsde Dikke Michiel. 'En hoe zit het dan met de poen voor Willies verjaarscadeau? Daar hebben jullie toch geld voor ingezameld?'

Ik was geschokt. 'Hoe weet jij dat?' vroeg ik ongelovig.

Dikke Michiel fronste zijn wenkbrauwen. 'Ha! Eindelijk stelt hij vragen!' lachte hij. 'We weten alles over jullie. Wíj doen het namelijk niet in onze broek van angst.'

Met deze woorden gaf hij me een veel te harde klap op mijn schouder. 'Zie je, er is voor alles een oplossing!' Hij knipoogde bemoedigend. 'Zeker voor een man als jij!'

Hij kneep nu zo hard in mijn hand dat de botjes kraakten. Ik stikte van de pijn. Maar Dikke Michiel scheen dat niet te merken. Hij boog zich naar me toe.

'Ik mag jou wel, wilde dwerg! We kunnen samen nog veel bereiken. Als je tenminste doet wat ik wil! Duidelijk?'

Hij kneep nog harder. Ik schreeuwde van de pijn. Toen kreeg hij eindelijk medelijden en liet mijn hand los.

'Zo mag ik het horen!' glimlachte hij. 'Succes! We zien elkaar vrijdag!'

Hij knipoogde nog eens naar me en liep toen achter de andere miskleunen aan.

Ik wachtte tot ze in het donker verdwenen. Zelfs toen bleef ik nog een poos staan en verroerde geen vin. Ik wilde er absoluut zeker van zijn dat hij niet nog een keer terug zou komen. Ik wilde hem nooit meer zien.

Mijn hand deed pijn, maar was nog heel, gelukkig! Toen ik hem omdraaide en mijn vingers probeerde te krommen en te strekken, viel mijn blik op de tattoo van de Wilde Bende. En morgen... Morgen was de laatste dag dat ik daar lid van was.

Ik werd opeens witheet en ik schreeuwde zo hard ik kon: 'Pap! Hoor je me, papa? Hier staat Joeri! Joeri "Huckleberry" Fort Knox, het eenmans-middenveld. En ik zweer je dat ik mijn vrienden nooit zal verraden. Nooit, hoor je?'

Toen veegde ik de tranen van mijn wangen en voegde er zachtjes aan toe: 'In elk geval niet vrijwillig.'

Op dat moment ging een licht aan. Het was maar een paar meter bij me vandaan. De leeslamp in de cabine van de vrachtwagen verlichtte het gezicht van de chauffeur. Het was de vrachtwagen waarop ik eerder in elkaar geslagen was. Ik herkende ook het gezicht van de chauffeur van toen. Hij keek me aan, alsof hij me op de een of andere manier wilde helpen, alsof hij achter me stond en de hele tijd over me waakte. Maar ik rende weer weg, ik kon niet anders.

De veiligste plek ter wereld

De volgende morgen ging alles goed. Toen ik wakker werd scheen de zon in mijn kamer. Op haar gouden stralen stuurde ze me een gedachte die me opluchtte.

Dikke Michiel en zijn miskleunen hadden nooit van hun leven geloofd dat ik hun geld zou komen brengen. Dus waarom zouden ze het de volgende keer geloven? Ik moest de afgelopen nacht gewoon vergeten, zoals je een nachtmerrie vergeet. Dan was de wereld weer mooi. En wat is gemakkelijker dan een droom te vergeten nadat je wakker bent geworden?

Toen ik aan het ontbijt verscheen, stak Josje onmiddellijk zijn vuisten op. Hij verwachtte blijkbaar weer een zoen. Maar die kreeg mijn moeder. Als troost voor haar zorgen om mij. Ik gaf haar de zoen vol trots. Ik had mijn woord gehouden. Al mijn problemen waren opgelost. En niemand had er ook maar iets van gemerkt.

De schooldag vloog voorbij en een reden daarvoor was dat Dikke Michiel niet kwam. Hij had voor zichzelf en zijn bende met mijn geld bij zijn neef kilo's snoep geregeld. Dat wist ik en met al dat snoep in hun buik lagen ze nu vast ergens in de zon. Maar dat maakte mij niets uit. Om mijn geld maakte ik mij ook niet druk. Het was beslist geen verkeerde investering. Elke minuut zonder Dikke Michiel was me dat waard. Ik was opgelucht en vrolijk. Zelfs Fabi vergat hierdoor dat hij me gisteren gezien had. Gisteren, toen ik mijn spaarvarken voor zijn ogen stuksloeg.

Of deed hij maar alsof? Wist de Wilde Bende al van mijn ontmoeting met Dikke Michiel? Ik kreeg vaag die indruk. De blikken die ze me toewierpen als ze dachten dat ik het niet merkte. Die blikken waren volkomen duidelijk.

Maar nee. Dat kon niet zo zijn. Stop! Dit was de achtervolgingswaanzin van een dief. Maar ik was helemaal geen dief en daarom had ik ook niets te verbergen!

In de Duivelspot zetten we de training van de vorige dag voort. Maar deze keer haalde Willie me eruit en weer schoot het door mijn hoofd: nu verdenkt mijn trainer me ook al! Weer die achtervolgingswaanzin... Maar Willie zette me alleen maar in de verdediging. Ik moest de anderen bij hun tegenaanvallen storen en hen dwingen directer te spelen.

Helaas mislukte Willies plan. De anderen, vooral Marlon en Leon, waren gewoon te goed. Ze speelden kat en muis met me. Ik had geen schijn van kans. En toen Leon me als een beginner poortte, gooide ik de handdoek in de ring. Ja, ik gaf het op. Dat wil zeggen, dat wilde ik doen, maar toen stond Sokke, Leons hond, voor me. Hij trok zijn lippen op, en legde zijn vleermuisoren in zijn nek. Grommend liet hij zijn tanden zien.

'Laat me! Je hebt er geen bal verstand van!' siste ik, maakte een zijsprong en liep Sokke voorbij.

Maar al na drie passen hoorde ik een vreemd gejank. Ik draaide me om naar Sokke, en die rare hond liep inderdaad achter me aan en lachte me uit! Hij jankte luid en trok daarbij zijn staart zo ver tussen zijn poten dat het wollige einde ervan tussen zijn voorpoten verscheen. Op deze manier kon hij helemaal niet meer lopen. Hij huppelde meer en liet daarbij die domme grijns zien. Ja, echt waar. Sokke is zo'n hond die slim genoeg is om te grijnzen en dat grijnzen was de druppel die de emmer deed overlopen. Een hond moest mij niet uitlachen! En een hond moest zeker niet beweren dat ik met de staart tussen mijn benen zou willen verdwijnen...

Daarom balde ik mijn vuisten, liep naar hem toe en siste tegen het beest: 'Oké, jij wint! Zal ik ze nu dan maar een poepie laten ruiken?'

En dat deed ik dus ook. Vanaf nu hadden de anderen hun kansen al verspeeld. Ik werd het woedendste eenmansmiddenveld ter wereld. Ik speelde zo koppig als een terriër. En ik was zo kuitenbijterig goed dat Sokke rustig ging zitten. Vanaf de zijlijn keek hij naar me, blafte en joelde zijn applaus. Na een laatste spreidsprong om een doelpunt te verhinderen bleef ik uitgeput liggen. Sokke stormde naar me toe en likte me af. Ook de leden van de Wilde Bende kwamen naar me toe. Ze feliciteerden me allemaal. En Willie droeg me hoogstpersoonlijk op zijn schouders naar zijn stalletje. Daar kregen we cola en voetbalverhalen tot het donker werd.

Nadat Willie was weggegaan, zamelde Fabi het geld in voor Willies verjaarscadeau.

'Honderdachtenzestig euro,' zei hij nadat hij de briefjes en de munten geteld had. 'Dat moet genoeg zijn. Ik ken een tweedehandswinkel waar mijn moeder vaak koopt. Daar kun je vast wel een pak kopen. We zullen Willie niet herkennen als hij dat aantrekt.'

Fabi grijnsde tegen ons. Toen trok hij de pet van mijn hoofd en schudde daar al het geld in.

'Alsjeblieft, Joeri!' zei hij, terwijl hij me de pet teruggaf. 'Jij past op ons geld.'

'Ik?' vroeg ik verbaasd.

'Ja, jij!' antwoordde Fabi en keek me recht in mijn ogen. 'Jij heet toch Fort Knox? En Fort Knox is de veiligste plek ter wereld, als het om geld gaat! Of heeft iemand misschien een andere mening?'

Fabi en ik keken naar de anderen, maar geen van hen sprak zijn voorstel tegen. Ik werd rood en stotterde schor: 'Dank je.' Ik pakte mijn pet aan en stopte die met het geld erin in de zak van mijn broek.

'Oké,' zei Fabi glimlachend. 'Alles is cool!'

'Zolang je maar wild bent!' antwoordde ik zachtjes. Ik fietste zo trots als een pauw naar huis.

Bij het douchen liet ik het douchegordijn een stukje open en hield mijn broek, ondanks shampoo en zeep, steeds in het oog. Daarna stopte ik alles onder mijn hoofdkussen. Geld, pet en broekzak, eh... ik bedoel natuurlijk geld in de pet, pet in de broekzak en mijn broek onder m'n kussen. Ik dacht aan mijn vader. Als die eens zou weten hoe mijn vrienden me vertrouwden! Toen viel ik in slaap.

Een 'feel good'-droom over monsterkwallen

Ik sliep heel vast en heel rustig en droomde dat ik in de zee was. Als een vis dook ik onder de golven door, toen mijn tenen plotseling iets raakten. Geschrokken keek ik in de diepte. En ik zag zeven vette, melkkleurige kwallen. Ze dreven om me heen en een van hen had lang, vet, piekerig haar

en een tattoo van een spinnenweb op zijn voorhoofd. Direct herkende ik de gezichten van de Onoverwinnelijke Winnaars. Ze werkten zich uit hun glibberige kwallenlijven, grijnsden tegen me en probeerden me met hun kleverige armen te vangen. Hun tentakels begonnen al te rukken en te trekken aan iets wat ik in mijn hand had. Shit, dat was de pet met het geld voor Willies cadeau!

'Nee!' wilde ik schreeuwen. 'Dit krijgen jullie niet!' Maar onder water kun je niet schreeuwen. Daar kun je alleen maar brullen. En dat deed de dikste kwal. Oorverdovend brulde hij. Hij schoot op me af en echt op het allerlaatste moment ging ik er pas vandoor. Als een pijl schoot ik terug naar het wateroppervlak, vloog de lucht in en botste daar tegen iets roods op.

'Hé, hop! Hé, hop! Hé, hop! Ik word duizelig!' lachte de jongen met rood haar en een bril met jampotglazen. Hij vloog dansend om me heen. 'Hé, Joeri, waar kom jij vandaan?'

Ik was heel verbaasd. 'Raban? Ben jij het echt? Sinds wanneer kun jij vliegen?'

'Hoezo? Dat kun jij toch ook, rare kippenkakker! Kijk, het is fantastisch!' riep hij en hij maakte een dubbele salto.

Nu begreep ik dat ik ook vloog. Ik keek naar beneden naar de zee, die vijftig meter onder me lag. Wauw! Dit was gaaf! Ik strekte mijn armen uit, draaide samen met Raban een zuivere looping, ging in duikvlucht, draaide me op mijn rug en schoot vlak over de golven weg.

Het klonk als WOESJJ! Vlak naast me schoten fonteinen uit de zee, alsof iemand waterbommetjes had afgestoken. WOESSJ! WOESSJ! WOESSSJJJ! Steeds weer klonk dat geluid om me heen en uit de fonteinen schoten de kwallen omhoog.

'Raban! Pas op!' schreeuwde ik. 'Dat zijn de Onoverwinnelijke Winnaars! Die miskleunen willen ons geld!'

Maar Raban bleef kalm. Volkomen rustig zat hij daar, in kleermakerszit, in de lucht, alsof hij op een vliegend tapijt zat.

'Nou, eindelijk! Hoogste tijd,' zei hij alleen maar.

'Wat? Ben je gek geworden! Dat zijn monsterkwallen!' riep ik boos tegen hem. 'Krabbenkippen en klauwenkak! We moeten hier weg!'

Maar Raban lachte me uit.

'Monster... wat? Ja, misschien heb je gelijk. Maar alleen als het nu carnaval is!'

Ik begreep er geen klap van.

Raban was gek geworden! De Onoverwinnelijke Winnaars waren met zijn zevenen en wij met zijn tweeën. We hadden geen schijn van kans. Ze zouden ons opvreten en in hun melkkleurige magen verteren!

'Kom alsjeblieft mee, we gaan weg,' schreeuwde ik tegen hem.

Maar Raban trok in plaats daarvan een naald uit zijn broekzak en gaf die aan mij. 'Als dat monsterkwallen zijn, kan ik niet vliegen!' Hij grijnsde, nam zelf een naald in zijn hand en viel aan.

'Het zijn gewoon luchtballonnen, Joeri!' riep hij en liet de eerste knallen. 'Kijk, wat zei ik je? Onschuldige ballonnen.' Hij prikte de tweede lek.

Ik geloofde het niet. Maar toen verscheen de kwal met het lange, vette piekhaar en de tattoo. Uit het niets was hij opeens vlak voor me. Van schrik stak ik hem in zijn neus. PATS! Het werkte! Ik lachte en suisde naar de anderen toe. PATS! PATS! Dat waren de Zeis en Kong! Raban nam de Stoomwals voor zijn rekening en ten slotte trokken we samen het touwtje uit het ventiel van Dikke Michiel.

Brroemmm psss! De dikke ballon liet een scheet en toen schoot hij – brrsssp! – door de lucht, tot hij als een verkreukeld rubberen vodje op het water kletste.

Dat was de beste droom van mijn leven, dacht ik nog. Toen rekte ik me uit, gaapte in mijn slaap en verheugde me op de volgende dag.

Fort Knox

Ik sliep als een os en pas toen de zon aan mijn neus kriebelde, werd ik wakker. Ik knipperde een paar keer met mijn ogen. Toen sprong ik uit bed, haalde mijn broek onder mijn kussen vandaan en trok hem aan.

Ik vond het leuk mijn vrienden weer te zien en verheugde me op de training van vanmiddag. Daarna zouden we immers Willies verjaarscadeau gaan kopen en ik had het geld. Het zat nog steeds, in mijn pet gewikkeld, in mijn broekzak.

Mijn moeder trok haar neus op toen ik beneden kwam voor het ontbijt. 'Wil je dat vuile vod naar school aan?'

Verbaasd keek ik naar mezelf. Mijn broek was inderdaad niet erg schoon meer. Ik had hem zeker al zeven dagen aan. Eerlijk gezegd stonk hij en niet zo'n beetje ook.

'Kom op, Joeri,' zei mijn moeder. 'Doe alsjeblieft iets anders aan!'

'Nee, dat kan niet,' antwoordde ik en ik schoof doodleuk bij haar en Josje aan tafel.

'Joerie, alsjeblieft!' zei mijn moeder en dat vond ik zo cool van haar. Zelfs boos en de stank van mijn broek in aanmerking genomen, bleef ze nog altijd vriendelijk.

'Joeri! Er liggen vijf schone broeken in je kast.'

'Weet ik,' zei ik en ik pakte een broodje. 'En ik weet dat ik stink. Maar er zijn belangrijker dingen in het leven, mam!'

Ik sneed mijn broodje open, smeerde er boter en marmelade op en nam hongerig een hap. Mijn moeder zat me nog steeds aan te kijken en haar voorhoofd raakte vol boze rimpels.

'Ja,' zei ik. 'Zo is het. Ik ben Joeri "Huckleberry" Fort Knox en deze broek hier is mijn brandkast.'

Mijn moeder hield haar hoofd scheef en keek mijn broertje aan.

'Klopt,' bevestigde Josje ernstig. 'Vord Noks is de veiligste plek ter wereld!'

'Nou, wat heb ik gezegd?' grijnsde ik. 'Of wil jij straks de schuld krijgen als het geld voor Willies verjaarscadeau door Dikke Michiel gepikt wordt?'

Geschrokken kromp ik in elkaar. Wat had ik daar gezegd? Niemand wist van Dikke Michiel en mij. Of toch?

Josje en mijn moeder keken me verbaasd aan. Wat dachten ze nu? Wat wisten ze al? Nee! Ik moest hier weg en zo snel mogelijk.

'Oké, we zien elkaar vanavond. De training begint meteen na school. En daarna gaan we Willies cadeau kopen!' zei ik. Ik pakte mijn rugzak, rende door de keukendeur de tuin in, greep mijn fiets, sprong erop en was even later verdwenen.

Mijn moeder en Josje keken me met gefronste wenkbrauwen na. Het was net kwart over zeven. De school begon pas om acht uur en de weg naar school duurde zeven minuten – als je heel langzaam reed. Zij vroegen zich natuurlijk af: Waarom is Joeri zo bang voor Dikke Michiel?

Allen voor één

Ik fietste zo snel ik kon. Alleen vandaag nog, dacht ik. Dan was alles voorbij. Dan was ik van het geld af en verlost van Dikke Michiel! Want dan had Willie zijn verdiende pak. In dat pak zat hij morgen, zondag om tien uur, op de trainersbank om met ons onze eerste wedstrijd te winnen. Onze eerste wedstrijd in de Duivelspot, ons stadion, in onze eigen competitie.

Wauw! Dat was een goed gevoel! Ik zag alles duidelijk voor me. Hoe we onze pikzwarte shirts aantrokken met het logo van de Wilde Voetbalbende. Hoe we in de knaloranje kousen het veld op liepen en een kring vormden. Met de armen om elkaars schouders stonden we daar en dan schreeuwden we samen knalhard onze strijdkreet. 'RAAAHHH!' klonk het door de stad. Opeens wist ik het heel zeker: zo zou het gaan en niet anders.

De wind voelde al een beetje koel en de lucht smaakte en rook al iets naar herfst. Heel waarschijnlijk was het de laatste mooie nazomerochtend en ik was zo in gedachten dat ik de Inktvis niet zag die langs de stoeprand stond.

'Hé, Joeri!' riep hij met een stem, zo scherp als een scheermes. 'Alles goed?'

Ik kromp ineen en leek me niet meer te kunnen bewegen. Ik zag alleen maar dat lange, vette piekhaar en die tattoo van het kruisspinnenweb. Verder zag ik niets. Ook niet het stoplicht dat nu op rood sprong.

'Hé, Joeri, pas op!' schreeuwde een andere stem, en ik kon op het laatste moment nog remmen. De auto die voor me langs over de kruising reed, raakte me bijna.

'Dampende kippenkak! Dat scheelde niks!' schreeuwde Raban en hij stopte met zijn fiets naast me. Zijn ogen, achter de jampotglazen van zijn bril, keken me streng aan.

'Wat is er met jou aan de hand?' vroeg hij verwijtend, maar ik keek alleen maar om naar de Inktvis. Die slenterde naar ons toe.

'Niets. Wat zou er moeten zijn?' antwoordde ik boos. 'Ik heb een nachtmerrie gehad!'

'En hij hier? Wat wil die van jou?' Raban knikte met zijn hoofd in de richting van de Inktvis.

'Hoe moet ik dat nou weten?' blufte ik en ik reed weg. Het stoplicht was nog rood. Het kon me niet schelen en Raban dacht daar net zo over. Hij keek met zijn grote ogen nog vlug een keer om naar de Inktvis die gevaarlijk dichtbij kwam. Toen riep hij: 'Hé, Joeri! Wacht op mij!' En hij stoof achter me aan.

Het schoolplein lag er verlaten bij. Zelfs de leraren waren er nog niet. Toen Raban en ik onze fietsen op slot zetten, floot een frisse wind in ons gezicht. Een wind uit de donkerste hoeken van de wereld, en met deze bries in de rug kwamen Dikke Michiel en zijn miskleunen op ons af.

Raban deed onwillekeurig een stap naar achteren.

'En zij? Willen zij soms ook niks van je?' schold hij.

'Weet ik veel? Ik dacht dat ze voor jou kwamen!' loog ik en bad dat er hulp kwam opdagen.

Die hulp was er allang. Ik wist het alleen niet. Ze lagen allemaal plat op het dak van het fietsenhok achter me en hielden ons nauwlettend in de gaten. Leon, Fabi, Marlon en natuurlijk Vanessa. Ja, en ook de andere leden van de Wilde Bende waren gekomen om Raban en mij te helpen: Felix de wervelwind, Rocco de tovenaar, en Max, de man met het hardste schot van de wereld. Ze spanden hun spieren voor de sprong.

Leon stak zijn hand op... 'Nee, nog niet,' fluisterde hij.

'Maar wanneer dan?' protesteerde Fabi. 'Nog vijf meter en Dikke Michiel heeft ze vermorzeld!'

'Weet ik,' zei Leon, 'maar dit is geen voetbal! We hebben geen schijn van kans!'

'Kan me niet schelen,' protesteerde Fabi. 'Het zijn mijn vrienden!'

'En de mijne!' fluisterde Vanessa. 'We springen op drie!'

'Mooi niet!' zei Leon. 'Wil je dat Joeri en Raban iets over-komt?'

Vanessa keek hem giftig aan. 'Dit was jouw plan. Door jou zijn die twee daar beneden!'

'Precies. En daarom haal ik ze daar ook uit!' siste Leon.

Maar dat deed hij niet, althans nog niet. Dikke Michiel kwam naar ons toe. Als een grote onweerswolk hing hij boven me. Mijn rechterhand verdween in mijn broekzak, naar de pet. Daarin zat het geld. De dikke Darth Vader bleef staan. Een halve meter voor Raban en mij bleef hij staan en wachtte genietend tot zijn roversbende ons omsingeld had.

'Dampende kippenkak!' vloekte Raban wanhopig. Hij sloeg tegen de stalen wand van het fietsenhok, wat een den-derend lawaai maakte. 'Dampende kippenkak! Horen jullie me? Ik waarschuw jullie. Ik ben niet alleen!'

Maar de leden van de Wilde Bende lagen nog altijd dood-stil op het dak en keken naar Leon.

'Bijna,' beduidde hij en wees naar de parkeerplaats, waar de auto van de directeur op dat moment stopte. 'Pas als hij uitgestapt is, springen we! Daar gaan we! Nu!'

En met een hartverscheurend geschreeuw sprongen ze. De mannen van de Wilde Bende leken een waterval van pik-zwarte ninja's. Beneden grepen ze de handen van de Onover-winnelijke Winnaars beet en schudden ze enthousiast.

'Hoi, Inktvis!' zei Felix stralend. 'Waar heb je die prachtige tattoo vandaan? Of waren de spinnen zo bang voor de inkt-zwarte duisternis in je kop dat ze maar naar buiten kwa-men?'

'Hé, Michiel!' riep Marlon met zijn vriendelijkste grijns. 'Je bent nog dikker geworden dan je al was!'

'En jij bent nog altijd even lelijk.' Dat was Vanessa met een poeslief stemmetje in het oor van de Zeis.

De Onover-
winnelijke Winnaars
waren totaal overrompeld.
Net nog hadden ze Raban en mij als
hun zekere buit gezien. Daarna waren er
ninja's uit de hemel komen vallen. En toen stond totaal
onverwachts ook nog de directeur van de school voor ons.
Grijs en streng keek hij ons onderzoekend aan over zijn bril
zonder montuur. De Zeis kon nog net zijn fietsketting in de
broek van de Inktvis proppen.

Toen was het stil.

Alleen het fluiten van de wind was nog te horen. Of kwam
dat ruisend geluid van de radertjes in Michiels hoofd die
oververhit raakten? Ik weet het niet. Maar van vechten was
nu geen sprake meer. Zeker niet voor de ogen van onze directeur. Leons plan was perfect verlopen. Raban en ik waren
gered en Dikke Michiel restte niets anders dan ons te bedanken voor onze gemene begroeting. Hij pakte mijn hand en

kneep er zo hard in dat ik mijn kiezen op elkaar moest klemmen om niet te kermen van de pijn.

'Niet bang zijn! We zien elkaar nog, Huckleberry!' hijgde hij zachtjes in mijn oor. Toen keek hij de directeur aan en zei: 'Goedemorgen!' Hij grijnsde zo breed hij kon. Hij draaide zich om en liep weg met zijn *gang* in zijn kielzog.

We hadden het liefst de armen om elkaar heen geslagen. En we wilden elkaar feliciteren met de overwinning, maar de directeur stond er nog steeds. Hij schoof zijn bril iets hoger op zijn neus en stelde vervelende vragen: 'Wat heeft dit te betekenen? Leon Masannek, jij denkt maar dat alles kan, hè? En Joeri Rijks, wat heb jij met Dikke Michiel te maken?'

Toen kwam Josje, ons geheime wapen. Hij kwam regelrecht van huis, pakte de directeur zijn tas uit zijn hand en vroeg: 'Mag ik die voor u dragen?' We hadden hem allemaal kunnen knuffelen. 'Dat wil ik heel graag,' verzekerde hij de directeur. Hij liep weg met de tas en de directeur kon niets anders doen dan mijn broertje en zijn tas te volgen.

Alleen Raban kookte van woede!

'Dampende kippenkak!' schold hij. 'Leon, dit doe ik echt nooit meer! Joeri en ik zaten al bijna tussen de varkenspootjes van Dikke Michiel!'

Maar Leon reageerde niet op Rabans protest. In plaats daarvan kwam hij naar mij en sloeg zijn arm om mijn schouders. 'En hoe is het met jou? Alles goed?' vroeg hij ernstig en ik had een kikker ter grootte van een nijlpaard in mijn keel.

'Hoezo? Wat moet er dan zijn?' kreeg ik er met moeite uit en vervloekte mezelf. Waarom zei ik niet eindelijk iets? Mijn vrienden hadden me toch net hun vertrouwen bewezen? Ze hadden hun leven voor me gewaagd. Waarom gaf ik niets terug? Ik wist het niet. Ik voelde alleen maar het briefje dat Dikke Michiel in mijn hand had gepropt voor hij wegliep.

De dief in de Duivelspot

'Niet bang zijn! We zien elkaar nog, Huckleberry!' dreunde het maar steeds door mijn hoofd.

Ik had me op school in een van de wc's opgesloten en staarde naar het briefje in mijn hand. Nauwelijks leesbaar stond daar in grote hanenpoten:

Er liep een rilling langs mijn rug. Wat moest ik doen? De wereld had niet altijd een directeur bij de hand om ons tegen de Onoverwinnelijke Winnaars te beschermen. Nee. Ik mocht de Wilde Bende hier niet in betrekken. Dit had met voetballen niets meer te maken. Zij hadden morgen in de Duivelspot, in de schijnwerpers, hun eerste belangrijke wedstrijd in hun eigen competitie. Natuurlijk moest ik mijn broertje beschermen. Josje kon er al helemaal niets aan doen. Dit was allemaal mijn schuld. Ik was naar de graffiti-torens gegaan, niet hij. En ik had het verdrag met Dikke Michiel gesloten. Misschien hoorde ik nu wel bij zijn bende. Dat besefte ik opeens. Ik was naar de graffiti-torens gegaan om mijn vader te vinden. En als hij daar echt woonde, hoorde ik daar natuurlijk thuis!

De eerste bel ging. Zo meteen begonnen de lessen. Ik gooide het briefje in de wc, spoelde het door en liep de gang op, naar de anderen. Alsof er niets aan de hand was.

De hele dag op school, zes lange uren, speelde ik de oude Joeri 'Huckleberry' Fort Knox. In werkelijkheid zocht ik naar een kleine kans om eens en voor altijd uit dit leven te verdwijnen.

Maar zo gemakkelijk gaat dat niet. Mijn vrienden waren hartstikke bezorgd om me, vooral Vanessa, Marlon en Rocco. Ik was geen seconde alleen. Het was al een wonder dat ik mijn voetbalschoenen in mijn kastje kon verstoppen zonder dat een van hen het merkte.

Eindelijk klonk het bevrijdende geluid van de bel. Iedereen pakte zijn tas en stormde naar buiten, het schoolplein op. We moesten trainen. De laatste training voor de belangrijke wedstrijd. In het fietsenhok was het een gedrang van jewelste.

Opeens riep ik: 'Hè, nou heb ik mijn voetbalschoenen vergeten!'

De anderen keken me aan alsof ik mijn hoofd thuis had gelaten.

'Ja, ik weet het!' zei ik en deed alsof ik me schaamde. 'Maar ik moet vlug naar huis. Over twintig minuten ben ik in de Duivelspot. Beloofd!'

De anderen zwegen.

'Wat nou?' vroeg ik. 'Wat is er aan de hand?'

Fabi kuchte als eerste. 'Eh... welke maat heb je, Joeri?'

'Ik? 36! Hoezo?' vroeg ik.

'Nou, omdat ik toevallig twee paar voetbalschoenen bij me heb,' zei Rocco glimlachend. 'En ik heb dezelfde maat als jij.'

'W-w-wat zeg je?' stotterde ik. 'T-t-t-twee paar?' Ik staarde ontzet naar mijn vrienden. Iedereen glimlachte naar me.

'Je kunt Rocco's schoenen aan,' zei Vanessa, alsof dat de normaalste zaak van de wereld was. 'Gaan we nu eindelijk? Joeri, jij rijdt vandaag op kop.'

Ik stond perplex. Dit was een onvoorstelbare eer voor me. Vanessa reed altijd op kop. Ze was de beste fietser van het team. Ze gaf het tempo voor de anderen aan en ze gaf op de heuvel vóór het stadion het bevel tot de sprint. Pas wanneer een van ons haar daarin versloeg, mocht hij op kop rijden. Maar dat, wisten we allemaal, zou pas gebeuren als Vanessa twee gipsbenen had. Zelfs Leon en Fabi, die anders altijd de aanvoerders waren, hadden nooit van Vanessa kunnen winnen. Ze hadden nog nooit op kop gereden.

Ze protesteerden niet, want niemand waagde het Vanessa's voorstel tegen te spreken. Ze was wat fietsen betrof de onbetwiste kampioen. Ze pakte me beet en duwde me naar mijn fiets.

Een paar seconden later vloog ik de straat uit. Maar ik voelde me allesbehalve vereerd. Ik voelde me alsof ik in een röntgenapparaat stond en van mijn kruin tot aan de puntjes van mijn tenen werd doorgelicht. De blikken van de anderen brandden gaten in mijn rug. Daardoorheen konden ze mijn donkere geheimen zien.

Ik trapte op de pedalen alsof ik aan die blikken wilde ontkomen. O, wat háátte ik hen! Waarom deden ze dit? Ik dacht dat ze mijn vrienden waren. Maar niemand wantrouwde me méér dan zij. Ik mocht alleen maar op kop rijden omdat ze bang waren dat ik er met het geld vandoor zou gaan. Krabbenkak en kippenklauwen! Hoe zou ik dat kunnen doen als ze me geen seconde uit het oog verloren? Hoe moest ik Josje beschermen en hoe moest ik voor hen verbergen waar mijn vader vandaan kwam en waar ik thuishoorde?

Ik fietste nog iets harder en schaamde me. Ik was woedend op alles en iedereen. Ik wilde alleen maar weg. Geen moment kwam het bij me op dat mijn vrienden me misschien wilden helpen. Zelfs de voetbalschoenen die Rocco me leende, beschouwde ik als puur wantrouwen. Maar hun hulp dan? Toen ze vanmorgen als zwarte ninja's uit de hemel op het schoolplein sprongen? Hadden ze me echt tegen Dikke Michiel beschermd? Nee, dat geloof je toch niet? Nee, ze wilden alleen zorgen dat hij ons geld niet kreeg. Hún geld, bedoel ik. En daardoor werd ik steeds bozer.

Ik zette nog een tandje bij, en toen ik bij de heuvel voor de Duivelspot kwam, schreeuwde ik zo hard ik kon: 'Sprint!'

Ik sloeg drie versnellingen over. De ingang in de schutting schoot op me af, en gejaagd keek ik over mijn schouder. Vanessa en Marlon zaten me op de hielen. Maar ze haalden me niet in. Krabbenkippenklauwenkak! Ik was inderdaad te snel en als winnaar trok ik beide remmen aan. Stofwolken vlogen wervelend op. Kiezelstenen schoten links en rechts door de lucht. Toen stond ik stil. Een nanoseconde later steigerden ook de fietsen van Vanessa en Marlon als paarden en kwamen rakelings naast me voor de ingang tot stilstand.

Ze keken me aan en zeiden geen woord. Ze zwegen tot de anderen naast ons stopten. Toen pas floot Vanessa tussen haar tanden en Marlon fluisterde nauwelijks hoorbaar: 'Wauw!'

'Dat was echt wild!' hijgde Fabi.

Leon gaapte me hijgend aan. 'Dat is nog nooit iemand gelukt!'

'Dampende kippenkak! Dat klopt! Joeri, je hebt Vanessa verslagen!' riep Raban.

Vanessa knikte naar me. Meer kon ze niet. Ze was buiten adem.

Marlon snoof uitgeput: 'Wauw, Joeri! Wat een sprint! Van school tot in de Duivelspot. Zoiets lukt niemand!'

Ik grijnsde naar hem. 'Meen je dat?' riep ik. Ik wilde het gewoon niet geloven.

'Ja, helaas wel!' siste Vanessa en ze lachte naar me. 'Maar dit was een nederlaag waarop ik trots kan zijn.'

Eindelijk schoot het bloed naar mijn hoofd. Ik had het gevoel dat ik licht gaf als een vuurtoren in de mist, maar het maakte mij niets uit.

Even later stonden we in onze arena. Willie wachtte ons op en ons goede humeur werkte aanstekelijk. De knorrige trainer, die er meestal even verkreukeld uitzag als zijn jack, begroette ons met een zin die we nog nooit van hem hadden gehoord.

'Vandaag wordt alleen maar een partijtje gespeeld!' riep hij en hij schoot de bal de lucht in. 'Verdediging tegen een aanval! Joeri, Max, Marlon, Josje, Marc en Vanessa tegen Jojo, Leon, Fabi, Felix, Rocco en Raban. Waar wachten jullie nog op?'

Dat lieten we ons geen tweede keer zeggen.

Onze fietsen gooiden we langs de kant en broeken, jacks, schoenen en truien vlogen door de lucht. Dertig seconden later stonden we in voetbalbroek en -shirt op het veld.

Iedereen, behalve ik. Ik had natuurlijk mijn gewone broek aan, vanwege het geld.

Toen begon het.

Felix tikte de bal voor de aftrap kort aan. Leon stopte hem en in mijn team rekende iedereen erop dat hij hem naar Rocco terug zou spelen.

Rocco, dat wisten we ook, zou hem naar Fabi sturen. Fabi was de snelste rechtsbuiten ter wereld, met zijn dieptepass in de richting van ons doel. En daarom vloog ik naar Fabi. Ik zou hem dekken en Marlon rende Leon voorbij. Hij wilde Rocco's dieptepass verhinderen. Maar Marlon schoot in de lege ruimte. De terugpass bleef uit. Leon had de bal namelijk helemaal niet gestopt. Hij had hem alleen maar met zijn zool geaaid, hem daarbij voorgespeeld en nu gaf hij gas.

Van nul naar honderd was Leon de snelste. En vóór Marlon in de gaten had wat Leon van plan was, was die allang voorbij Vanessa. Ook Max probeerde een dubbele slalomdribbel, en daarom rende ik weer terug. Met het vuur aan mijn hielen joeg ik over het veld. Maar kon ik het doelpunt nog tegenhouden? Marc de onbedwingbare kwam uit het doel en stortte zich op Leon. Maar die sprong over de benen van de keeper heen en stuurde de bal, nog in de lucht, met zijn linker grote teen naar rechts. De bal vloog langs Josje, die hem als een woedende waakhond de weg naar het doel versperde. Maar van rechts kwam ik. Leon keek me even aan, maar hij aarzelde geen seconde. Hij dacht nog niet één honderdste hartslag na.

Hij was de jongen-van-de-flitsende-voorzetten. Dat wist iedereen en daarom speelde hij de bal met zijn hak naar links. Blind speelde hij de bal, want hij voelde in zijn voeten waar zijn spelers waren. En Jojo was links achter hem. Hij nam de bal aan en danste ermee door de middagzon verder naar links. Hij haalde uit voor het schot op het doel...

Maar wacht even! Ik was Joeri 'Huckleberry' Fort Knox, het eenmans-middenveld, en daarom rende ik tegelijk met Leons hakje weg. Ik maakte een spreidsprong voor Jojo. Ik dook voor Rocco op toen die mijn schot op de lat wilde pikken.

Rocco, dat wist ik, kon nooit iets gewoon doen. Een schot recht op het doel was hem te makkelijk. Hij stopte de bal liever eerst met zijn borst, tilde hem dan met zijn knie over zijn hoofd en speelde hem met de hiel naar rechts, om hem dan eindelijk, na een pijnlijk afscheid, in het doel te leggen.

Tot de hiel ging het goed. Toen pikte ik de bal van zijn schoen. Ik liet Fabi achter me, dreef de bal nog een paar meter naar voren en passte toen dodelijk naar Marlon. Die stond aan de middenlijn. Hij zette het op een lopen. En hoe Leon, Rocco, Jojo en Fabi hem ook verwensten, ze haalden hem niet meer in. Al hun hoop was op Felix en Raban gericht. Ze versperden Marlon de weg. Maar daar kwam Vanessa van links en die speelde sinds haar verjaardagsvoetbaltoernooi met Marlon samen alsof de voetbalgod hen online met elkaar had verbonden.

Zonder aanloop passte Marlon naar haar. Toen wisselden ze van positie en speelden viermaal de bliksemsnelle dubbelpass. Terwijl Felix en Raban zich oefenden in het zigzaglopen, schoven Vanessa en Marlon de bal samen in de goal.

Krabbenklauwen en kippenkak! Het leven was mooi. De graffiti-torens en Dikke Michiel leken niet meer te bestaan. Er was alleen nog maar de Duivelspot, mijn vrienden van de Wilde Bende en de wedstrijd van morgen.

En zo ging het tot het einde van de training. We verzamelden ons voor Willies stalletje om onze cola te drinken.

Fabian fluisterde in mijn oor: 'Vannacht om twaalf uur precies, verrassings-verjaarsfeest voor Willie!'

Ik keek hem aan alsof hij van een andere planeet kwam.

'Doorvertellen,' fluisterde Fabi.

Toen was ik er weer bij. Ik voelde me alsof ik van de luchtballonnen op de monsterkwallen in het water was gevallen. Alles schoot me in één klap weer te binnen. Dikke Michiel en zijn dreiging. Willies cadeau. De winkel met tweedehandsspullen waar we zo dadelijk heen wilden. Het geld in mijn broekzak dat dan voorgoed weg was! Wie moest dan Josje beschermen? Nee! Dat mocht niet gebeuren! Dat moest ik koste wat het kost verhinderen!

'Hup, doorvertellen,' fluisterde Fabi weer.

Maar ik sprong op, rende naar mijn fiets en ging ervandoor.

Fabi keek naar Marlon en die keek naar Vanessa. Vanessa keek naar Leon en die knikte naar haar.

'Ja. Maar rij niet te hard,' zei hij. 'Als hij je ziet, is alles verloren!'

Willie fronste zijn wenkbrauwen. Hij begreep er niets van. Hij wist dan ook niets van Dikke Michiel, niets van het geld dat nog steeds in mijn broekzak zat. Maar Willie behandelde ons nooit als kinderen. En ook al was hij een volwassene, hij begreep dat we dit probleem onderling wilden oplossen. Daar had hij respect voor. Daarom keek hij Vanessa alleen maar fronsend na. Ze reed weg van de Duivelspot om mij te achtervolgen. Ja, zelfs al had Willie vermoed wat er nu nog allemaal ging gebeuren, dan zou hij ons toch onze gang hebben laten gaan.

De ergste dag van mijn leven

Maar ik had het gewild. Ik wilde juist heel graag dat Willie iets deed tegen wat er nu nog ging gebeuren. En ik vraag jou om vergeving. En iedereen die de eed al heeft afgelegd. En ook aan iedereen die alleen maar een ezelsoor in de bladzijde gemaakt heeft, waarop de eed stond. Ik vraag al mijn lezers om vergeving. Niemand kende mij, maar jullie vertrouwden me, omdat jullie geloofden dat ik bij de Wilde Bende hoor.

Nu heb je het zwart-op-wit. Ik ben het niet waard om erbij te horen. Kom op, strijk de bladzijde met het ezelsoor glad, klap het boek dicht en geef het maar weg aan je grootste vijand. Dat lijkt me het beste want een boek dat jou alleen maar vertelt hoe je je vrienden verraadt kun je verder aan niemand cadeau doen.

Ik had niet alleen geld van mijn vrienden gestolen. Ik had niet alleen Willies verjaardagsverrassing verpest. Nee, ik liet hen ook nog bij hun eerste grote wedstrijd in de steek. Onze eerste wedstrijd in de Duivelspot. Ik was er zo trots op! Ik ging zelfs stiekem naar de graffiti-torens om het mijn vader te vertellen.

Mijn slechte geweten gaf me extra energie. Ik reed nog veel sneller dan op weg naar de training. Ik sprong over stoepranden. Ik vloog een trap af. En als een indiaan op zijn paard, hing ik opzij van mijn fiets om onder de slagboom door te schieten, die bij de ingang naar het Donkere Woud staat.

Nog een keer deed ik mijn best op de pedalen. Ik reed mijn fiets in het kreupelhout en verdween definitief voor de blikken van de wereld. Ik sprong over wortels en stenen. Ik reed bukkend onder takken door. En ik kwam bij de oude poort.

Ik remde en trok het voorwiel van mijn fiets omhoog als het hoofd van een paard. Ik danste op mijn achterwiel op de plaats. Nee, ook al was ik nu een verrader, ik zou mijn trots niet verliezen.

'Hé, Michiel!' riep ik. 'Ik weet dat je je hier verstopt! Ik ruik je, hoor je me? Ik ruik jullie allemaal!'

Een moment was het stil, maar toen kwamen ze tevoorschijn. Van overal kropen ze uit de schaduw naar voren. De Maaimachine, het Varkensoog, de Stoomwals en de Zeis, de Inktvis en Kong, de monumentale Chinees. Ze hadden zelfs takken, dikke en dunne, als camouflage op hun rug gebonden. Toen verscheen hij. Ik merkte het het eerst aan de steentjes die plotseling als regen uit de hemel vielen. Ze kwamen van de poort die kreunde onder het gewicht van Dikke Michiel. Donker stak zijn dikke lichaam af tegen de hemel. Mijn voorwiel stuiterde moedeloos terug op de grond.

'Waar is het geld?' vroeg Dikke Michiel alleen maar. Die vraag had ik verwacht. Maar behalve ik hoorde Vanessa het ook. Ze had zich tussen de struiken verstopt en hoorde en zag alles. Ook dat ik nu mijn hand in mijn broekzak stak en er de pet met het geld uit trok.

'Hier!' Met een gevoel van grote haat hield ik hem de pet voor. 'Hier heb je het! Maar ik waarschuw je, dikzak! Als jij Josje ook maar met één vinger aanraakt, ben je er gewéést!'

Dikke Michiel staarde me aan. Zijn brandende laserogen dwongen me bijna op mijn knieën. Maar ik hield stand onder zijn priemende blik. Hij lachte me uit. Hij hield zijn buik vast van het lachen. Op hetzelfde moment stortte zijn roversbende zich op me. De miskleunen gooiden me op de grond en rukten het geld uit mijn hand.

Gelukkig, dacht ik. Nu is alles voorbij.

Maar ik vergiste me.

De Inktvis en Kong trokken me overeind en hielden me vast.

'Wat willen jullie van me?' vroeg ik zo dapper als een haring die een school haaien in hun bek kijkt.

'We nemen je natuurlijk mee,' besloot Dikke Michiel. 'Of wil je misschien naar huis?'

Met deze vraag gleed hij als een rinoceros van de poort af en kwam met een reusachtige dreun op de grond terecht. 'Geloof je echt dat daar nog iemand is die je vanaf vandaag mist?'

Dikke Michiel had blijkbaar zoveel vet dat de val hem geen pijn had gedaan. Hij boog zich over me heen en grijnsde. Zijn laserogen troffen mijn hart en hielden dat minstens tien seconden lang vast.

Dit was het dan, dacht ik. Het geld was door de miskleunen op de grond gegooid.

Ik wilde en kón het niet begrijpen. Ik was weerloos van angst. Dikke Michiel liet een miskleun het geld oprapen. Toen gaf hij het bevel te vertrekken. Braaf marcheerde ik met hen mee. Mee de wereld in, waar ik vanaf nu deel van uitmaakte, aan de andere kant van het Donkere Woud. Ik had de wereld van de Wilde Bende verlaten, die bestond niet meer voor mij.

Daar kon zelfs Vanessa niets aan veranderen. Ze zat nog steeds tussen de struiken verstopt en keek me na. Ze beet op haar lip van woede. En haar donkere ogen gloeiden als kooltjes vuur. Maar toen ontdekte ze het muntstuk voor haar voeten. Het was mijn geluksmunt en die kende ze goed. We gooiden de munt voor elke wedstrijd omhoog, om de aftrap en de speelhelft te bepalen. En zo onverschillig als de Inktvis het roestige ding had weggegooid, zo voorzichtig raapte Vanessa de munt nu op.

Aan het einde van de wereld

We gingen het Donkere Woud uit. Wij, dat waren Dikke Michiel, zijn Onoverwinnelijke Winnaars en ik. We stapten door de muur van brandnetels en kwamen bij de Steppe op een plek waar ik nog nooit geweest was. De graffiti-torens lagen links van ons en we liepen er steeds verder vandaan. Als een horde nomaden liepen we de Steppe op tot het Donkere Woud, het laatste houvast uit mijn vroegere wereld, achter de horizon verdween. De zon zou algauw hetzelfde doen.

Zo dadelijk werd het donker en ik was op de verschrikkelijkste plek van de wereld. Ik voelde me alsof ik in een tienduizend meter diepe zee vol haaien zwom. Een ergere plek kon er niet bestaan. Plotseling stonden we op de top van een heuvel.

Dikke Michiel en zijn bende leken echt blij. Blijkbaar waren ze trots op wat ik nu te zien kreeg. Maar ik kon hun enthousiasme niet delen. Integendeel! Ik schrok vreselijk.

Attentie! Attentie! De rovers! De rovers! schoot het door mijn hoofd. Dat schreeuwde Josje altijd toen hij drie was. Dan fantaseerde hij een spannend verhaal waarin rovers onze kater Mickey in een zak wilden stoppen. En ik voelde me nu net Mickey. Ik stond op de top van de heuvel. Ik hoorde Josjes wanhopige waarschuwing, maar ik kon er niets aan veranderen dat ik zo dadelijk in de zak zou worden gestopt.

Beneden, aan de voet van de heuvel, lag een soort hol. Ja, dat is de beste omschrijving. Woonwagens en schuurtjes met golfplaten daken stonden weggedoken in de kom van het kleine dal. Tl-buizen zwaaiden in de wind en lasapparaten sisten rond gestolen auto's. Daartussenin stonden mannen en vrouwen die fluisterend met elkaar praatten en te hard lachten.

Toen ontdekte ik hem. Hij zat in het midden van het rovershol aan een klaptafel en telde geld bij het licht van een kaal peertje. De man was zo groot en fors als Atilla de Hun en ik wist meteen wie hij was. De hoofdman, Michiels neef. Ja, ik zeg nu Michiel, want in vergelijking met zijn neef was Dikke Michiel bijna mager.

De Onoverwinnelijke Winnaars keken elkaar stralend aan, alsof dat daar beneden de vervulling van al hun dromen was. Zo wilden ze allemaal ooit worden. En om dat duidelijk te maken snoven ze luidruchtig, schraapten hun kelen en spuugden op de grond. Toen sloeg Michiel zijn arm om me heen.

'Dat daar!' zei hij. 'Dat daar beneden, Huckleberry, is vanaf nu je grote geheim! Is dat duidelijk?'

Hij drukte me zo hard tegen zich aan dat ik bijna stikte.

'Duidelijk?' vroeg hij nog eens en ik kon nog net knikken. Toen liet hij me los.

'Ik zei het toch? Deze dwerg vond ik meteen al leuk. En nu hoort hij bij ons! Kom op! Zeg "hartelijk welkom" tegen hem,' lachte hij tegen zijn vrienden. Hij gaf me een klap op mijn schouder.

De anderen deden het na. Een voor een kwamen ze langs en grijnsden naar me. Toen liepen ze de heuvel af. Alleen ik bleef achter. Ik en een duistere Zeis. Argwanend liep hij om me heen.

'Ik hou je gezelschap!' fluisterde hij. 'Ik pas op je, snap je? Ik pas goed op je!'

'Dat meen je niet!' reageerde ik te hard. Ik moest mijn knikkende knieën overschreeuwen. 'Nooit geweten dat Zeis de naam van een beschermengel is.'

'Dat is ook niet zo, Huckleberry!' siste hij zonder gevoel voor humor. 'Ik ga je namelijk treiteren als je zelfs maar het kleinste verraad bedenkt. Snap je?'

Ik knikte gehoorzaam. Toen rende ik weg. Vergeleken met het gezelschap van de Zeis leek me het rovershol een oase van menselijkheid. De miskleunen werden er begroet alsof ze een stel knuffelbeesten waren. Kusjes hier en kopstootjes daar. Zelfs mij verging het niet anders. Ik voelde me als de mascotte van een voetbalelftal. Maar voor het eerst was ik ook helemaal zeker van mezelf.

Ja, want ik was aan het einde van de wereld. Ik bevond me

in de 99e hel en werd door de duivel hoogstpersoonlijk gekust. Dan kan iemand toch niets meer overkomen, wat denk je?

'Hoi, dikke man!' begroette Michiel zijn neef. 'Ik heb wat poen voor je. Hier, kijk maar!'

Hij keerde mijn pet met het geld voor Willies cadeau om op tafel.

'Dat is 168 euro. En daarvoor wil ik alleen maar het beste van je. Het beste van het beste! En vertel het ook aan mijn nichtjes. Vandaag is het partytime!'

Dikke Michiel en zijn neef keken elkaar grijnzend aan.

'Afgesproken, kleintje!' piepte de dikke roverhoofdman als een robot. '68 euro voor het feest. Maar de rest bewaar ik! Je moet ook aan later denken. De wind is al koud. Het wordt gauw winter!'

'Je doet maar!' lachte Dikke Michiel.

Toen draaide hij zich bliksemsnel om, want achter ons schoot de roldeur van een schuur omhoog en onthulde een vrachtwagenlading van het allerlekkerste snoep dat je je kunt voorstellen. Ja, en daar stond ook een van de drie nichtjes. Wauw! Wie was zij? Zoiets had ik nog nooit gezien. Zelfs niet toen Vanessa in ons team kwam. Maar Vanessa was dan ook even stoer als wij en daardoor leek ze net een jongen.

De Wilde Bende

Zoals afgesproken zat de Wilde Bende kort voor middernacht bijeen in Camelot. Zelfs Willie was er. En hoewel hij over een paar minuten veertig zou worden, dacht hij daar niet aan. Nee. Hij zat daar net als de anderen te wachten op Vanessa's verslag. Ze had het moeilijk, want ze was woedend. Ze ging tussen haar vrienden zitten.

'Fabi, je had gelijk,' begon ze boos. 'Joeri wordt door Dikke Michiel afgeperst.'

In de hal, de onderste verdieping van het boomhuis, werd gefluisterd.

'Joeri moest het geld voor Willies cadeau geven, anders zou die dikke griezel Josje gaan pakken.'

Weer werd er gefluisterd en er werden vuisten gebald.

Josje keek angstig op naar Vanessa. 'Maar waar is Joeri nu?' vroeg hij.

Vanessa zweeg. Ze beet op haar lip. Toen antwoordde ze zachtjes, alsof ze haar eigen woorden het liefst niet wilde horen: 'Ze hebben hem meegenomen naar de Steppe.'

Nu was het doodstil.

Op zo'n boodschap had niemand gerekend. De Steppe behoorde niet meer tot het land van de Wilde Bende. Die behoorde tot het rijk van de Onoverwinnelijke Winnaars. Daar was de Wilde Bende machteloos. Daar durfde geen van hen heen te gaan. Alsof hij hun lot voor altijd wilde bezegelen, sloeg de kerkklok middernacht.

Josje veegde de tranen uit zijn ogen. Hij keek naar Leon en Fabi. Maar zelfs de twee wildste leden van de Bende waren verlamd van de schrik. Dit had met voetbal niets meer te maken. Dit was helemaal geen spelletje meer. Dit was bloedige ernst. Dit was een strijd in een dimensie waarvan de Wilde Bende het bestaan pas nu besefte.

Leon de slalomkampioen, topscorer en de jongen-van-de-flitsende-voorzetten, was normaal nergens bang voor. Maar nu drukte hij zijn nagels hard in zijn handpalmen.

Toen hij het niet meer uithield van de pijn, gaf hij een keiharde klap tegen de plankenwand.

Fabi, de snelste rechtsbuiten ter wereld, wist altijd uit elke val te komen. Maar nu had hij zijn sluwe glimlach verloren en beet hij op zijn duim.

Vanessa de onverschrokkene, hart en ziel van de Wilde Bende, keek geschrokken naar Marlon de nummer 10.

Maar ook Marlon scheen geen antwoord te weten en zocht het daarom bij Rocco de tovenaar.

Rocco, de zoon van Ribaldo, de Braziliaanse voetbal- god van Ajax, trok alleen maar zijn rozenkrans uit zijn broekzak.

HOKUS POKUS

Marc de onbedwingbare was allang bedwongen. En Jojo die met de zon danst, was alleen maar bang.

Felix de wervel- wind vocht hoestend en rochelend tegen zijn astma.

En Raban de held sprong woedend op, trok aan zijn haar en keek wild om zich heen. Zonder een woord te zeggen ging hij weer zitten. Zelfs 'dampende kippenkak' kreeg hij niet meer uit zijn mond. Hij had zijn tong verloren, alsof hij Max was.

Maar Max 'Punter' van Maurik was het enige lid van de Wilde Bende dat zich niet bang liet maken.

Hij keek naar Willie, de beste trainer ter wereld. Hij slikte, slikte nog een keer en zei toen méér dan anders in twee jaar. 'De Duivelspot en de competitie interesseren me geen bal. Joeri is onze vriend en ik speel morgen niet zonder hem.'

Willie keek Max aan. Langzaam verscheen er een glimlach rond zijn mond en zijn ogen begonnen te stralen. 'Bedankt, Max!' zei hij. 'Dat is het mooiste verjaarscadeau dat je me kon geven.'

Ook Max glimlachte nu, maar de anderen begrepen er niets van. Wat bedoelde Willie? Hadden ze nu niet alleen mij, maar álles verloren? Alles wat ze zo belangrijk vonden? Hun elftal, de Duivelspot en de competitie? Nee. Dat mocht Willie niet van hen vragen! Maar Willie smoorde hun protest in de kiem. Hij schoof de klep van zijn honkbalpet in zijn nek en krabde op zijn voorhoofd. Dat deed hij altijd als het ernst werd.

'Ahum,' kuchte hij. 'Ahum! Ik zou jullie graag helpen. Ik bedoel natuurlijk alleen als jullie dat willen. Maar ik ben jullie trainer en tenslotte heeft dit ook met voetbal te maken. Of willen jullie de wedstrijd van morgen echt laten uitvallen?'

Hij keek de jongens aan en wachtte tot hij iemand zag knikken, maar dat gebeurde niet.

'Oké,' zei hij. 'Daar hoopte ik op. Daarom heb ik iets voorbereid. Kom maar mee.'

Willie stond op en vroeg de Wilde Bende voor Camelot te wachten. Toen liep hij de tuin uit. Na twee minuten kwam hij terug op zijn brommer. Die pruttelde en kreunde en sleepte een aanhanger mee met een torenhoge lading spullen. Willie stopte voor het boomhuis en bekeek zijn elftal.

'Goed. Ik had het zo bedacht. Leon, Fabi, Vanessa en Marlon rijden naar het Donkere Woud. Ze zoeken de fiets van Joeri en dagen Dikke Michiel bij de graffiti-torens uit.

Maar doe het goed, jongens! Maak hem helemaal gek. Jut hem op. Maak hem zo woest als maar kan. En dan grijpen jullie Joeri en vluchten terug, hierheen. Dikke Michiel móét achter jullie aankomen. Hebben jullie dat begrepen?'

Leon, Fabi, Marlon en Vanessa deden alles om hun angst te verbergen. Ze knikten en zeiden tegelijk: 'Nee, wil je het nog een keer uitleggen?'

'Nee. Dat kan niet. We hebben niet veel tijd meer en we moeten Camelot nog omtoveren in een vesting. Rocco, Felix, Max, Josje, Raban, Marc en Jojo! Kom op, aanpakken!'

Hij trok het dekzeil van de aanhanger. Er zaten drie vuilnisbakken in, waterpistolen, netten en touwen, een elektrische balpomp, een zak veren, een pot groene zeep en een grote emmer vol honing.

De jongens en Vanessa keken er verbaasd naar.

Vooral Leon fronste zijn voorhoofd. 'Wat wordt dit dan voor een vesting?' vroeg hij aarzelend.

Maar Willie bleef bloedserieus. 'Dit wordt de beste vesting ter wereld. Of denken jullie dat Dikke Michiel hier ongewapend verschijnt?'

De Wilde Bende verstarde. Honing, groene zeep en veren tegen Onoverwinnelijke Winnaars die gewapend zijn en die daarbij ook nog opgejut moeten worden? Nee! Dan konden ze de Duivelspot beter meteen in een midgetgolfbaan ombouwen!

Maar Willie dacht daar anders over. Hij was al begonnen de aanhanger uit te laden.

'Wat is er? Waar wachten jullie nog op? Willen jullie dan dat Dikke Michiel jullie ook naar de Steppe sleept, net als Joeri?'

'Een ogenblik! Wat bedoelt u daarmee?' vroeg plotseling een stem die hier niet echt hoorde.

Willie draaide zich om en zag mijn moeder. Ze kwam uit de keukendeur.

'Waar is mijn zoon Joeri? En wat is hier eigenlijk aan de hand? Wie werd en wie wordt er naar de Steppe gesleept?'

Willie maakte een paar passen op de plaats, draaide drie keer zijn klep heen en terug en krabde toen pas op zijn voorhoofd.

'Eh... tja, ik weet niet of u zich hiermee moet bemoeien. Ik bedoel, dan wordt u alleen maar nog ongeruster. Of wilt u ons misschien helpen?'

Mijn moeder fronste haar wenkbrauwen en rimpelde haar neus. Vulkanen stonden op het punt uit te barsten. Dat wist Josje haarfijn. Maar hij wist ook dat je uitbarstende vulkanen niet kunt tegenhouden. Tenzij je Willie heette, de beste trainer van de wereld.

'Wat doet u?' vroeg hij. 'Gaat u door met roken en dampen, of helpt u ons? We kunnen alle hulp gebruiken. Het gaat er tenslotte om dat we uw zoon uit de handen van Dikke Michiel bevrijden.'

Hij haalde een doos schroeven uit de gereedschapskist en drukte die mijn moeder in handen, samen met een schroevendraaier.

'Ik weet het, het is laat. Maar we gaan nog slapen. Dat beloof ik u. Ik heb onze wedstrijd naar vanavond verplaatst.' Met die woorden draaide hij zich weer om naar de Wilde Bende. 'Waar hebben we anders schijnwerpers voor?' zei hij grijnzend.

De rit met de kabelbaan

De wind werd harder en blies de twaalf doffe slagen van de kerkklok naar de Steppe. Wolken joegen langs de hemel en overal rook het naar herfst. Maar de Onoverwinnelijke Winnaars schenen het niet te merken. Ze zwaaiden met hun zakken snoep uit het rovershol en brulden in koor. Daartussendoor giechelden de drie nichtjes van Dikke Michiel. Nee. Dat klopt niet. Er giechelden er steeds maar twee en ze leken zo veel op Dikke Michiel dat het z'n zusjes konden zijn.

Maar de derde was anders. Ja, ze móést anders zijn. Ze liep stil met ons mee en – ja hoor! – ze keek steeds naar me. Krabbendit en kippendat! Waarom keek ze en waarom kreeg ik het dan steeds zo warm?

Ik wilde doen of ik haar niet zag. Ik probeerde van alles. Maar zelfs toen ik wegkeek, zag ik haar ogen, haar lange bruine haar en haar gezicht. Toen liep ze plotseling dicht langs me heen. Ik kromp ineen toen ze me toevallig aanraakte.

Maar hoe meer ik schrok, des te beter ik me voelde. De rode ogen van de ratten die om ons heen wegschoten, leken plotseling op glimwormpjes. De gure herfstwind was opeens lekker fris. Ik was bijna blij dat ik hier op de Steppe was en niet meer in de Duivelspot of op Camelot.

Ja, precies zo, wist ik nu, hadden mijn vader en moeder

zich gevoeld voor ze gescheiden werden door het Donkere Woud.

Opeens voelde ik me heel licht. De graffiti-torens kwamen in zicht en ze zagen er opeens helemaal niet meer griezelig uit.

Op datzelfde moment stonden Fabi, Vanessa en Leon bij de ruïne in het Donkere Woud en bonden Marlon mijn fiets op zijn rug. Toen sprongen ze op hun mountain-bikes en reden door de brandnetelwal de Steppe in.

Wolken joegen boven hun hoofd langs de hemel en met doodernstige gezichten vochten de vier tegen de wind en zetten koers naar de graffiti-torens om mij te bevrijden.

Plotseling wees Vanessa naar de rechterflat.

'Daar! Zien jullie dat? Wat kan dat zijn?'

Het leek of naast die flat de een na de andere ster naar beneden suisde en op de Steppe terechtkwam.

'Hoeiii!' huilde Dikke Michiel en 'Hoe-hoe-hoeiiii!' kwam de echo terug van de Onoverwinnelijke Winnaars.

We stonden voor een oude elektriciteitsmast van staal die niet meer gebruikt werd. We keken omhoog naar de Inktvis, die tien meter boven ons schommelde. Hij trok nu een tweede, bomvolle plastic tas met snoep aan een touw naar boven, hing de tas vervolgens aan een haak en liet hem los waarop de tas langs een stalen kabel gleed. In een lange uitgestrekte boog suisde hij naar de volgende niet meer gebruikte elektriciteitsmast, die vijftig meter van de rechter graffiti-toren stond. De tas trok als een vallende ster een sliert vonken achter zich aan.

'Hoeiii!' huilde Dikke Michiel en 'Hoe-hoe-hoeiiii!' klonk de echo weer van de Onoverwinnelijke Winnaars terug.

Het meisje naast me lachte en ik lachte mee. Bij elke tas

knepen we onze ogen dicht en deden een wens. Maar ik wenste steeds hetzelfde: dat mijn vader naar de Duivelspot kwam om naar mij te kijken. Krabbenklauw en kippenkak! Was die wens wel reëel? Zelfs als ik mijn vader hier zou vinden, zou ik nooit meer terug kunnen naar de Wilde Bende.

Toen hoorde ik opeens de stem van Dikke Michiel. 'Hé, Huckleberry!' riep hij. 'Jouw beurt!'

Ik keek hem aan en dacht dat ik droomde. Dit meende hij toch niet? De mast was twee keer zo hoog als de oude houten brug waar we voor de wedstrijd tegen Ajax vanaf waren gesprongen. En onder de staaldraad was geen spoor van water. Shit! Dat was geen bewijs van moed meer. Dit was volslagen krankzinnig!

'Hé, wat is er met jou aan de hand?' riep Dikke Michiel. 'Ik dacht dat je nu bij ons hoorde. Dat wil je toch, of niet? Nou! Bewijs het maar! Dit is een proef voor opname in onze groep. Gesnapt?'

Ik slikte. Ik was doodsbang. Zo bang was ik nooit eerder geweest. Maar er was geen uitweg. Met een laatste blik op het meisje dat naast me stond, klom ik tegen de afgedankte elektriciteitsmast op.

Daar stond de Inktvis op me te wachten. Hij had een gemene grijns op zijn gezicht. Hij gaf me een stuk dik staaldraad met twee houten handgrepen eraan.

'Hier!' zei hij. 'Je doet hetzelfde als de tassen. Je glijdt langs de stalen kabel tot aan de garages. Zie je ze? Goed. Daar gaat de kabel weer omhoog. Wacht tot je minder snel gaat en de garages achter je liggen. Dan spring je op de grond. Maar wacht niet te lang.'

'Waarom niet?' vroeg ik. 'Als ik te ver doorgegleden ben, kom ik gewoon weer terug.'

'Nee, dat doe je niet,' zei de Inktvis met een grijns. 'Waar denk je eigenlijk dat de plastic tassen blijven?'

Ik snapte er niets van. Toen pakte de Inktvis de laatste zak met snoep, hing die aan de kabel en liet hem los. Als een vallende ster suisde de tas op de garages af en eroverheen.

'Let nu goed op,' zei de Inktvis.

Ik tuurde en toen zag ik het. Een metalen staaf van een meter lengte was aan het einde van de staaldraad vastgemaakt. Het werkte als een springschans. De tas wipte van de draad. Hij vloog met een boog door de lucht en sloeg toen hard tegen een muur.

'Zie je?' riep de Inktvis. Hij was nu heel ernstig. 'Voor de zakken maakt het niets uit als ze tegen de stenen muur slaan. Maar ik weet niet of dat met jou ook zo zal gaan. Ik zou er maar liever op tijd af springen.'

Ik slikte en keek nog eens naar Dikke Michiel die onder me stond. Hoorde ik echt hierbij? Ik wist het niet, maar kon ik daar nu nog iets aan veranderen? Daarom legde ik de staaldraad met de houten handgrepen over de kabel en sprong.

'Ik ben Joerie "Huckleberry" Fort Knox!' schreeuwde ik zo hard ik kon. Met een sliert vonken achter me aan suisde ik over de Steppe. De garages en de verschrikkelijke muur kwamen recht op me af.

'Lieve heer! Als ik dit overleef, weet ik waar ik thuishoor!'

De metalen staaf van een meter, die springschans voor de tassen, schoot naar me toe. Hij zou me zo tegen de muur schieten. Op het laatste moment liet ik de houten handgrepen los. Ja, op het laatste ogenblik overwon ik mezelf. In een flits zag ik de berg van kartonnen dozen achter de garages opdoemen en voor ik het goed en wel besefte stortte ik daar van vijf meter hoogte in.

Ik lag op mijn rug en even dacht ik dat ik dood was. Maar toen riep iemand me en die iemand was geen engel. Deze

iemand was heel zeker een lid van de Wilde Bende en niet alleen. Het waren de vier wildste leden van de hele Wilde Bende.

'Joeri! Waar zit je? Joeri? Shit, we moeten hier weg!' riepen ze en de dozen die me bedekten vlogen boven me door de lucht.

Ik was verlamd van schrik. Waar kwamen die vier nu vandaan? En wat wilden ze hier? Wilden ze hun geld terug hebben, of wilden ze mij? Tenslotte was ik in mijn eigen ogen een dief.

Daar verschenen alle vier de gezichten tegelijk boven me. Leon, Marlon, Fabi en Vanessa lachten tegen me.

'Joeri! Je leeft nog. Waarom zeg je niks? Kom op! We hebben je nodig. Zonder jou zullen we nooit meer in de Duivelspot spelen.'

'Krabbenklauw en kippenkak! Menen jullie dat echt?' vroeg ik verbijsterd.

Daar kwam de Zeis aangesuisd, sprong van de kabel en belandde naast me in de kartonnen dozen.

Hij sprong meteen weer op en sloeg met zijn vuisten naar me. 'Ik wist het toch! Je bent een gemene kleine verrader!'

Maar Leon, Fabi en Marlon stortten zich op hem en boeiden hem met zijn eigen fietsketting, die hij altijd bij zich draagt. Ook trokken ze een papieren zak over zijn hoofd.

Toen tilden ze mij op en renden met me naar de fietsen. Die waren intussen bepakt met de plastic tassen uit de voorraad van de rovers.

Een gesis vulde de lucht en Leon keek op naar de stalen kabel waaraan nu de volgende vonkensliert verscheen. Het silhouet was niet moeilijk te herkennen. Het was Dikke Michiel zelf.

'Kom op! We moeten weg hier!' zei Leon. Maar de miskleunen waren inmiddels achter ons opgedoken en stonden achter de fietsen. Op datzelfde ogenblik landde Dikke Michiel in de berg kartonnen dozen.

We waren verloren.

Toen vlamden de koplampen van een vrachtwagen op. Hij reed naar ons toe en vijf meter bij ons vandaan stopte hij. Ik herkende de chauffeur meteen en om de een of andere reden wist ik dat we in veiligheid waren.

'Kom,' zei ik tegen de anderen. 'Ze doen ons niets meer!' En alsof de vrachtwagenchauffeur mijn woorden wilde bevestigen, stapte hij uit.

Heel rustig stond hij daar en keek toe terwijl wij naar onze

fietsen liepen. De miskleunen verroerden zich niet. Ze keken zwijgend toe hoe wij over de Steppe verdwenen.

Pas toen ontplofte Dikke Michiel van woede. Hij had de Zeis ontdekt. Hij probeerde tevergeefs de papieren zak van zijn hoofd te schudden. Die zak was met een duidelijke boodschap beschilderd: 'Kom je spullen maar terughalen als je durft. We wachten op Camelot, dikzak!'

'Dat doe ik!' schreeuwde Dikke Michiel woedend. 'Reken maar, Joeri "Huckleberry" Fort Knox! Luister even heel goed. Vannacht nog kom ik en dan... Dan zal ik je eens laten zien wat er met een verrader gebeurt!'

De slag om Camelot

Met de dreiging van Dikke Michiel in onze oren joegen we over de Steppe en door het Donkere Woud tot in de tuin aan de Fazantenhof. Pas daar remden we af. Ademloos riep Leon naar het boomhuis: 'Willie! Het is gelukt. Ze komen!'

Het was meteen stil. Alle leden van de Bende lieten hun werk staan of liggen, maar de schroevendraaier in de hand van mijn moeder bleef tekeergaan. Geschrokken drukte ze op de knop op het handvat. De schroevendraaier zweeg. Mijn moeder wilde een verklaring. Nee, ze eiste er een. Maar ik ontweek haar blik. Ik kon en wilde nu nog niet praten. De stilte was griezelig.

Willie liep naar mijn moeder en nam de schroevendraaier van haar over. Hij zei heel vriendelijk: 'Het is beter dat we naar binnen gaan.'

Mijn moeder keek hem vlug aan. Ze wilde protesteren, maar Willie duldde geen tegenspraak.

'U hebt ons heel goed geholpen. Maar gelooft u mij! Dit lost de Wilde Bende zelf op. En daarna hebt u alle tijd om met uw zoon te praten.'

Mijn moeder aarzelde nog. Ze stond in tweestrijd, maar toen deed ze iets wat alleen de beste moeder van de wereld kan. Ze knikte, en zonder verder iets te zeggen liep ze samen met Willie langs mij heen het huis in.

We wachtten tot ze verdwenen waren. Toen betrok iedereen zijn post.

Na één uur 's nachts was het stil. Zelfs de herfstwind ging liggen. Opeens keek Vanessa me aan. We zaten samen op de tweede verdieping van Camelot. Ze keek me aan en beet op haar lip. 'Weet je, ik ben bang!' zei ze.

'Weet ik,' knikte ik. 'Iedereen is bang en ik het meest van allemaal.'

Ik probeerde een glimlach en zij ook. Toen grijnsde ze breed. 'Je hoeft niet bang te zijn. Ik zal het tegen niemand zeggen. En ik ben hartstikke blij dat je bij ons bent, Joeri "Huckleberry" Fort Knox.'

Plotseling schrokken we van een hartverscheurend gejank. 'Huuuh! Hoeoehoeoe,' klonk het overal om ons heen.

Toen knarste het tuinpoortje dat even later weer in het slot viel. Drie harde, eindeloze hartslagen later maakten de gestalten van de miskleunen zich los uit het donker. Ze waren tot de tanden gewapend. Koevoeten, fietskettingen en bijlen schitterden, toen de donderwolken voor de maan even wegschoven. Alleen Dikke Michiel was ongewapend.

'Hoeoehoeoe!' steeg het nog een keer op naar ons in het boomhuis. Toen stak Dikke Michiel zijn arm op en liet zijn aanvallers stilstaan.

Tien meter voor ons keek hij argwanend om zich heen. Tenslotte had hij al een paar keer aan het kortste eind getrokken. Maar deze keer zat hem alles mee. Dat geloofden wij zelfs.

'Hé, hallo! Is daar iemand?' riep hij geamuseerd en hij deed drie stappen naar voren.

'Ik zoek de wilde dwergen achter de wilde bergen. Zijn ze er nu? Of zijn ze al bij mammie weggekropen?' Hij lachte vals.

'Wacht maar, hufter! Die zal ik je betaald zetten!' mompelde Rocco. Hij richtte zijn waterpistool al op Dikke Michiel, maar Leon hield hem tegen.

'Nee. Nee! Nog niet,' fluisterde hij streng.

'Maar wanneer dan?' vroeg Rocco zachtjes, maar heel boos. 'Als ze ervandoor gaan is het te laat.'

'Dat is niet zo,' protesteerde Leon. 'Vertrouw ons plan. En ik beloof je dat niemand van die miskleunen bij het boomhuis komt.'

'Je méént het!' spotte Rocco, maar hij gehoorzaamde toen toch.

Dikke Michiel kwam nog een stap dichterbij.

'Ik geef jullie nog een kans!' zei hij, alsof hij Napoleon en Julius Caesar in één persoon was. 'Geef mij wat van mij is, plus Joeri "Huckleberry" Fort Knox. Dan zijn we zo weer verdwenen.'

Dat was het wachtwoord. Josje bereidde zich al voor. Nu was het zijn beurt mij te beschermen en daar was hij apetrots op.

Maar stop! Een ogenblikje. Voor ik verder vertel, moet ik je nog één keer om een kleinigheid vragen. Ik weet dat ik je al twee keer teleurgesteld heb. Twee keer heb ik je gevraagd of je een eed wilde afleggen op iets dat ik niet kon nakomen. Maar nu gaat het niet meer om mij. Dus, alsjeblieft doe mij dat plezier. Klap het boek dicht, leg je hand op het logo van de Wilde Voetbalbende en wees even stil. Een ogenblikje maar. En in dat ogenblikje denk je erover na of we morgen nog moeten bestaan. Als dat zo is, wens de Wilde Bende dan veel geluk. Want ik geloof dat het elftal dat wel kan gebruiken. Ik ken in elk geval niemand anders die zich zo voor me ingezet heeft als mijn vrienden. Niemand die zo veel geriskeerd heeft en zo veel vergeven. Doe me alsjeblieft dat plezier. We kunnen nu alle hulp gebruiken! Ja, kippenkak en krabbenklauwen! Want Leon was er vannacht van overtuigd dat geen van de miskleunen ook maar één vinger zou uitsteken naar het boomhuis. Maar daarin stond hij helemaal alleen. Daarin, dat zeg ik je nu heel eerlijk, was Leon in deze nacht moederziel alleen.

'Hebben jullie het gehoord?' dreigde Dikke Michiel nog een keer. 'Dit is jullie allerlaatste kans! Geef mij wat van mij is, plus Joeri "Huckleberry" Fort Knox. Dan gaan we weg.'

Dit was Josjes wachtwoord. Hoog, op de derde verdieping van ons boomhuis, sprong hij op en schreeuwde: 'En wij, stomme Michiel, laten je alleen maar gaan als je ons ons geld teruggeeft! Duidelijk?'

Dikke Michiel keek verbaasd naar boven, naar Josje. Hij

grijnsde als een hongerige krokodil. Toen stak hij genietend zijn hand op, om het teken voor de aanval te geven. Op dat moment draaiden Jojo en Marc op de onderste verdieping in de 'hal' van Camelot twee schakelaars om. Overal sprongen flitslichten aan en verblindden de verbaasde aanvallers. Ze begonnen opgewonden door elkaar te schreeuwen.

'Ik zie niks meer!'

'Ik geloof dat ik blind ben geworden!'

'Help, wat is dit?'

En toen gaf Leon eindelijk het bevel: 'Vuur!'

Onmiddellijk doken Vanessa, Rocco, Felix en ik op achter de open ramen en luiken van Camelot. En we schoten onze superwaterpistolen leeg op de verdwaasde miskleunen.

Tweemaal werd Dikke Michiel met een volle lading getroffen.

'Stel je niet aan!' riep hij tegen zijn mannen. 'Een paar waterpistooltjes! Stelletje idioten! Snappen jullie het dan niet? We zijn hier op de kleuterschool. Kom, grijp ze. Méér dan dit hebben ze niet te bieden!'

Dat lieten de Maaimachine, de Stoomwals en Varkensoog zich geen tweemaal zeggen. Ze staken stokken en bijlen in de lucht en bestormden de deuren en muren van Camelot.

Maar boven hen, op het terras van de tweede verdieping, zaten Marlon en Max. Als twee marionettenspelers trokken ze aan touwtjes die ze voor zich hadden gespannen. De touwtjes leidden naar de grond onder het boomhuis en trokken waslijnen uit het gras tevoorschijn. Over die lijnen kon je gemakkelijk struikelen...

Dat gebeurde dan ook en de drie miskleunen klapten als neushoorns in volle vaart op hun neus. Hun woeste kreten verstomden en piepend als varkens in een te krap hok, gleden ze over een dekzeil dat met groene zeep was ingesmeerd

regelrecht op drie vuilnisbakken af. Die lagen op de grond met de opening naar voren. De drie hadden dat pas door toen ze er als grote kurken in vastzaten.

Marlon en Max grijnsden en Fabi lachte zich dood. Toen kwam een waarschuwing van Josje. 'De Zeis en de Inktvis komen van rechts! Shit! Fabi, waarom let je niet op!'

Josje was opgewonden en boos, maar Fabi bleef kalm. In alle rust wachtte hij op zijn post in de boom tot de miskleunen dichterbij kwamen. Ze hieven hun bijlen en stokken al. Pas toen begroette hij hen. 'Hallo, schatjes! Mag ik jullie feliciteren? Ik heb net een vliegreis verloot en jullie zijn de gelukkige winnaars!'

De Inktvis en de Zeis hielden hun stokken stil en staarden

naar boven, naar Fabi. Die haalde zijn zakmes uit zijn broek en sneed een touw door.

'Goede vlucht!' wenste hij de twee nog. Toen suisde een zandzak uit de kruin van de boom naar beneden. De zak zand trok een touw achter zich aan. Hij stortte neer op de grond, maar met dezelfde snelheid trok het touw een net omhoog van het grasveld. In dat net zaten de Inktvis en de Zeis nu als twee kippen gevangen.

'Wauw!' fluisterde Fabi enthousiast. 'Nu ontbreekt alleen Kong nog, de monumentale Chiiii...!'

Hij keek recht op Kongs achterwerk. De Onoverwinnelijke Winnaar was dichterbij geslopen en ongemerkt op het terras van de tweede verdieping beland. Maar daar zaten Marlon en Max en vermoedden niets van het grote gevaar. Wat moest Fabi nu doen? Als hij hen zou waarschuwen, zouden de twee misschien alleen maar schrikken. Dan was alles te laat. Hij moest iets anders verzinnen, en snel! Zo dadelijk zou de Chinees hen pakken. Toen sprong Fabi uit zijn post in de boom en belandde op de tweede verdieping van het boomhuis. Hij stak z'n tong uit naar Kong.

'Hé, King Kong!' riep hij. 'Je zou toch moeten weten dat je niet op andermans huizen mag klimmen. Dat mag toch niet. Weet je dat niet?'

Kong staarde hem aan en vergat Marlon en Max. Woedend vloog hij Fabi aan. Maar Fabi week uit en speelde perfect het stuk zeep in de badkuip. Hij lokte de Chinees naar de hal op de onderste verdieping. Daar bevond zich sinds vandaag een valdeur. Die was op maat gemaakt voor Kong. Hij viel er natuurlijk doorheen en gleed via Josjes oude glijbaantje regelrecht in het hondenhok. Vlug sprong Fabi achter hem aan en vergrendelde de ingang.

Nu moest alleen Dikke Michiel nog uitgeschakeld worden. Hij was de enige die nog vrij rondliep. En ongewapend!

'Hoi, Michiel!' riep Raban uit het boomhuis. 'Wat er is nou met jou aan de hand? Doe je het in je broek van angst?'

De laserogen van Dikke Michiel knipperden een paar keer, alsof het contactje van zijn energietoevoer los zat. Maar in werkelijkheid dacht hij alleen maar aan boosaardigheid en grof geweld, en die gedachten alleen al verbruikten zo veel energie dat hij moeite had met het beklimmen van Camelot.

Fabi die nog naast het hondenhok stond, sprong op en klom razendsnel terug in het boomhuis.

'Pas op!' riep hij. 'Ja, pas voor hem op!'

Daar wervelde Dikke Michiel ook al rond. Als een uit zichzelf exploderende draaitol draaide hij driemaal om zijn eigen as, hees daarbij iets zwaars van zijn rug naar voren op zijn borst en bleef staan.

Toen deed hij de koffer open die als de mars van een marskramer op zijn borst hing, pakte er een reusachtige boor met twee grepen uit en zette er een zaagblad op. Een seconde later slingerde hij de koffer weer op zijn rug en zette de boormachine aan. Het zaagblad begon vervaarlijk te gillen.

'Leon!' fluisterde Fabi. 'Leon!'

Maar het was stil. Doodstil. Op het loeien en gillen van de zaag na.

Geschrokken verscheen mijn moeder voor het raam van de keukendeur. Maar Willie trok haar zachtjes naar achteren.

'Hij heeft hier geen schijn van kans,' zei hij. 'Gelooft u dat alstublieft!' Hij nam haar bij haar arm.

Toen zette Dikke Michiel zich in beweging en stapte met de gillende zaag op de houten palen af waarop Camelot rustte. Het doorzagen van de palen zou binnen een paar minuten gebeurd zijn.

We schoten met onze waterpistolen! De waterfonteinen troffen Dikke Michiel voortdurend en overal. Maar hij scheen daar helemaal geen last van te hebben. Hij vond het zelfs wel leuk en hij lachte ons uit.

'O, ja! Ga rustig zo door. Heerlijk! Ik geloof dat ik al drie weken niet meer onder de douche ben geweest!'

Met deze woorden tilde hij de krijsende zaag in zijn handen omhoog en hij wilde hem tegen de eerste paal zetten. Als een mes door de boter, dacht ik, zal de zaag door de balken gaan.

Maar mijn moeder achter de keukendeur dacht nog ergere dingen. Ze was lijkwit, nog witter dan de gordijnen, en ze begroef haar gezicht in Willies schouder. Ja, gelukkig deed ze dat, want zelfs Willie wist niet zo goed meer of Dikke Michiel inderdaad geen schijn van kans had.

Toen wilde Raban het woord. Hij meldde zich net voordat de zaag de houten paal raakte.

'Hoi, Michiel!' riep hij vanaf zijn post op de tweede verdieping naar beneden. Hij hield de stoommachine in zijn hand. Naast hem knetterde de compressor al.

'Hoi Michiel!' riep Raban nog een keer. 'Wat vind je van dit kleuterspeelgoed?'

Dikke Michiel fronste zijn wenkbrauwen, zag het nieuwe gevaar. Hij wilde al beginnen met vloeken. Toen begon Raban. Lachend en brullend schoot hij de gebundelde, keiharde waterstraal een halve meter over het hoofd van Dikke Michiel heen.

'Man, Raban! Waar schiet jij heen?' riep Vanessa. Ze haalde een hand door haar haar.

'Precies! Wat doe jij daar?' lachte Dikke Michiel en hij zette de gillende cirkelzaag aan de eerste paal.

Maar Raban liet zich in zijn schietkunsten op geen enkele manier van de wijs brengen.

'Ik zal je honingen!' siste hij. 'Hé Michiel, drol uit het heelal met je drilbuik. Kijk eens naar boven. Je moet altijd weten wat je boven het hoofd hangt, vind je niet?'

Dikke Michiel begreep er niets van. Verbijsterd keek hij naar boven, zag de emmer honing hellen en schreeuwde toen. Maar het was te laat. Tien liter plakkerige honing stortte neer op Dikke Michiel. De honing verstikte de schreeuw in zijn mond en deed de monsterboor in zijn hand afslaan.

Dikke Michiel draaide, slikte, probeerde te hoesten, maar

kon geen geluid meer uitbrengen. Ten slotte wreef hij de honing uit zijn ogen en balde zijn vuist naar Raban, boven zich.

Maar daar stond nu Leon en die hield een grote plastic buis in zijn hand.

'Hé, Michiel, zal ik je eens wat zeggen?' Leons stem klonk heel zacht en lief. 'Ik weet het nu zeker. Je bent heel agressief. Wist je dat?'

Dikke Michiel kookte van woede. Hij gooide zijn zaag op de grond en stak beide vuisten naar Leon op. Maar die schudde alleen maar vol begrip zijn hoofd. 'Zie je nou wel? Ik geloof dat we daar eindelijk iets tegen moeten doen.'

Leon greep de plastic buis van onderen vast en trok een haak naar achteren. Op hetzelfde moment vloog een veer naar voren. De buis schoot een hele lading kippenveren af op Dikke Michiel. Die hoestte en proestte, maar de veren bleven in de honing plakken. En de honing bedekte Michiels hele, dikke lijf. Darth Vader, de schrik van de stad, was in een mum van tijd veranderd in een vrolijke sneeuwman. Hij sloeg wild om zich heen met zijn gevreesde vuisten. Maar die waren nu zo zacht als grote bollen watten.

'Zo zie je er al veel vriendelijker uit!' lachte Leon en dat werd Dikke Michiel te veel.

Hij wilde weglopen. Maar ver kwam hij niet. Al voor het tuinhek bleef hij staan. Daar wachtte Sokke op hem, de hond met de grote vleermuisoren.

Maar Sokke probeerde eerst helemaal niet zijn oren voor Dikke Michiel te verstoppen. Hij was heel aardig tegen hem, echt waar. Bijna geloofde ik dat hij wist hoe erg de arme jongen gepest en gesard was.

Daarom trok Sokke heel voorzichtig zijn neus op, maar hij dreef Dikke Michiel toch terug.

Voor het boomhuis wachtte de Wilde Bende op hem en daar nam ik nu het woord.

'Gek hè, hoe je verandert als je ergens staat zonder vrienden om je heen?' vroeg ik lachend.

Toen werd ik ernstig. 'Jij bent ons geld schuldig. 168 euro en geen cent minder. Krabbenklauwen en kippenkak! Die willen we terug, is dat duidelijk? Je gaat in je vermomming naar je neef en je zegt tegen hem dat het winter is geworden. Je hebt vandaag je geld nodig en wel onmiddellijk. In ruil daarvoor zullen wij bepaalde dingen aan niemand doorvertellen. Begrijp je me nu?'

Dikke Michiel probeerde het in elk geval. Steeds weer keek hij de kring rond die we om hem heen sloten en hem steeds dichter en dichter omringde. Toen gromde Sokke heel zachtjes, maar het kwam van heel diep uit zijn hondenlijf. En eindelijk was de beslissing genomen.

'Oké! Oké,' zei hij vlug. 'Ik ben binnen vier uur terug. Oké?'

Ik haalde mijn schouders op. 'Mij best. Maar wat denk je dat je vrienden daarvan zullen zeggen? Zou jij graag vier lange uren in een hondenhok of in een vuilnisbak zitten?'

Dikke Michiel rende weg. Maar voor het tuinpoortje riep ik hem nog eens terug.

'Hé. Wacht!' Hij kromp geschrokken ineen. 'Ik kan er toch op rekenen dat zoiets nooit meer gebeurt?'

Dikke Michiel knikte ijverig.

'Goed!' zei ik. 'Ik wil zoiets ook nóóit meer meemaken. Ik wil alleen nog maar voetballen. Begrepen?'

Hij knikte nog eens. Toen rende hij weg en ik draaide me om naar mijn vrienden.

'Dat meen ik echt,' zei ik en toen sloeg ik mijn armen om mijn vrienden heen om hen te bedanken.

'Alles is cool!' zei ik, en de anderen antwoordden vol overtuiging: 'Zolang je maar wild bent!'

We spraken af in de Duivelspot, om acht uur precies. En toen konden we eindelijk gaan slapen.

Nog een geheim

Eerst bracht mijn moeder Josje naar bed. Die had rode wangen van opwinding. Hij vertelde steeds maar weer het hele verhaal. De slag om Camelot moest mijn moeder minstens twintig keer horen. En zelfs bij de laatste keer presteerde ze het er nog om te lachen. Kippenkak en krabbenklauwen! Wat hield ik veel van haar. Of ken jij misschien een moeder die kan toekijken hoe een kwal van honderdvijftig kilo haar zoon met een krijsende elektrische cirkelzaag wil aanvallen? En die dan nog steeds kan lachen als een reusachtige Chinees over een kinderglijbaan in een hondenhok stort? Nou? Dat noem ik respect.

Maar toen kwam mijn moeder naar mij. Zachtjes trok ze de deur achter zich dicht en ging op mijn bed zitten. Daarbij keek ze me voortdurend aan.

Ik werd steeds zenuwachtiger. Vraag het toch eindelijk, dacht ik en speelde onder het dekbed mikado met mijn tenen.

Maar mijn moeder hoefde niets te vragen. Ze wist dat ik haar ook zonder vraag begreep en ten slotte hield ik het zwijgen niet langer vol.

'Ik ging papa zoeken in de graffiti-torens.'

Mijn moeder fronste haar wenkbrauwen.

'Ja, shit,' verdedigde ik me. 'Ik ken hem toch helemaal niet! En jij vertelt nooit iets. Ik weet alleen maar dat hij in een van die torenflats woont.'

Ze keek me zwijgend aan. Toen glimlachte ze. Haar glimlach werd een lach en ze stak mij aan. We vielen bijna van
het bed van het lachen. We sloegen onze armen om elkaar
heen en hielden elkaar ten slotte heel stevig vast... Maar in
plaats van te lachen liepen nu tranen over onze wangen.

'Je vader woont daar inderdaad,' fluisterde mijn moeder.
'Je hebt gelijk.'

Ik hield mijn adem in. Opeens kreeg ik een idee.

'Heeft papa een fax?' vroeg ik.

Mijn moeder knikte, maar dat was nauwelijks te zien.

'Kun je dit dan aan hem sturen?' Ik smeekte het bijna, terwijl ik een briefje onder mijn kussen vandaan trok.

Mijn moeder las het briefje zeker zo vaak als Josje haar het
verhaal van de honing en de veren verteld had.

Zeer geachte heer Marsman!
Kunt u alstublieft naar mijn voetbalwedstrijd komen?
Vandaag in de Duivelspot om acht uur precies.
Het is heel belangrijk voor me, want ik heb u nodig.
Je zoon Joeri,
Joeri 'Huckleberry' Fort Knox,
het eenmans-middenveld.

Ze knikte, gaf me een kus en liep de kamer uit. Maar precies kan ik me dat niet meer herinneren, want ik sliep al als een marmot.

En terwijl ik sliep kwam Dikke Michiel terug. Maar hij kwam niet alleen. Hij was bij de politie opgevallen als een sneeuwman in de zomer, en toen die de sporen van de slag om Camelot zagen, moesten hij en zijn vrienden voor straf het onkruid wieden in de grote bloembakken op de markt.

En dat moesten ze acht weken volhouden. Eerst waren het

Zeer geachte heer Marsman!
Kunt u alstublieft naar mijn
voetbalwedstrijd komen?
Vandaag in de Duivelspot om
acht uur precies.
Het is heel belangrijk voor
me, want ik heb u nodig.
Je zoon Joeri,
Joeri 'Huckleberry' Fort Knox,
het eenmans-middenveld.

er zelfs twaalf. Maar toen de politie zag dat hij het geld had teruggebracht, kregen ze medelijden met hem.

Met dat geld ging Willie naar de tweedehandswinkel om een pak te kopen. Zonder ons. Helemaal alleen zocht hij een pak uit dat naar zijn mening het beste was dat bij de beste trainer van de wereld paste. Bij de trainer van de Wilde Voetbalbende.

Sterrenregen

Laat in de middag werden we wakker. We konden nauwelijks tot de avond wachten. Zo gauw het donker werd, renden
we naar de Duivelspot. Maar voor het stadion van de Wilde
Voetbalbende bleven we eerbiedig staan.

Het bord boven de ingang lichtte op in de schemering. Eén
fantastisch moment lang was de wereld alleen voor ons. Het
moment waarin we in onze coole shirts door de poort ons
stadion binnenliepen. De schijnwerpers waren aan. Ze zetten alles in een magisch licht. Dit moment waren wij en de
hele wereld gevaarlijk en wild. Net zo wild als Willie, die ons
in zijn nieuwe streepjespak ontving. Trots liep hij met zijn
glanzende nieuwe leren laarzen naar ons toe en trok zijn
rode stropdas met witte stippen recht.

Krabbenklauwen en kippenkak! Dit was koninklijk. Maar
helaas komt er zelfs aan een koninklijk moment een einde.
En dat einde heette in ons geval NAC-junioren.

Onze tegenstanders waren er al. En ze waren allemaal een
jaar ouder en twee koppen groter dan wij.

'Ha, daar zijn jullie eindelijk,' begroette Willie ons.
'Hartelijk welkom in de achtste dimensie.' Wij hadden dat
intussen allemaal van Josje overgenomen. Nu zeiden we
altijd 'achtste dimensie', maar we bedoelden natuurlijk
'achtste divisie'.

Alsof onze tegenstanders dit welkom wilden bezegelen,

schoot hun linksbuiten de bal zo voor een van de bovenste hoeken van het doel, dat zelfs bij Max, de man met het hardste schot van de wereld, de nekharen overeind gingen staan.

Maar Willie gaf ons moed. 'Hé, mannen, de anderen zijn dan misschien groter, maar jullie zijn sneller.' Het was nauwelijks een troost. Sterker nog, het was een leugen.

Misschien waren de anderen inderdaad alleen maar groot. Maar wij waren in geen geval sneller dan zij. We kwamen nauwelijks uit het strafschopgebied. En hoewel Marc als een onbedwingbare de bal hield, lagen we bij rust met drie-nul achter. En dat viel nog mee.

Maar Willie was niet tevreden. 'Waar is jullie zelfvertrouwen gebleven?' riep hij boos. 'Waarom staan jullie anders achter? Normaal is één Joeri genoeg om de aanvallen van zo'n team op tijd tegen te houden. Wat is er met jullie aan de hand? Zijn jullie alleen maar moe? Of zijn jullie echt vergeten wat er afgelopen nacht gebeurd is? Gisteren hebben jullie tegenover elkaar je vertrouwen getoond. Als jullie elkaar vertrouwen, waarom vertrouwen jullie jezelf dan niet? Joeri! Deze vraag geldt speciaal voor jou. Twee van de drie doelpunten zijn gemaakt door jouw toedoen. Hoor je me?'

'RAAAAH,' bromde ik. Ik was zo kwaad. Maar niet op Willie. Nee. Op mezelf. Willie had het zelfs nog een beetje afgezwakt. Ook het derde doelpunt kwam door mij. Ik was geen eenmans-middenveld. Ik was alleen maar het zielige gat in een stinkende kaas.

Zo ging ik na de rust verder. Steeds weer keek ik naar mijn moeder. Maar ze was nog alleen. Mijn vader was niet gekomen, en ik zeg je dat ik alleen daarom zo slecht speelde. Zo zouden we de eerste wedstrijd in ons nieuwe stadion zeker verliezen. De tegenstander had het volgende doelpunt alweer gemaakt en ik had opnieuw de voorzet gegeven.

Met een chagrijnig gezicht haalde ik de bal uit het net en schoot hem naar het midden. Voor zo'n prestatie hadden mijn vrienden me niet hoeven bevrijden. En zo'n prestatie hoefde mijn vader ook niet te zien.

Daar klonk het fluitje. Leon speelde de bal en op hetzelfde ogenblik zag ik hem. Mijn vader stond echt langs de zijlijn bij mijn moeder. Ik herkende de vrachtwagenchauffeur en wist direct dat hij mijn vader moest zijn. Hij was de man die me bij de graffiti-torens drie keer tegen Dikke Michiel beschermd had.

Wat er daarna gebeurde, kan ik me niet meer zo goed her-

inneren. Ik was zo blij! Ik kan je niet zeggen hoe het ging. Of het alleen maar door mijn geluksgevoel kwam, of doordat ik iedereen aanstak. Ik weet het niet. In elk geval zei elke pass, elke beweging en elke blik van mij steeds maar één ding: mijn vader is er! We verliezen vandaag niet!

De schok ging door het hele team. Marlon was weer de nummer 10. Hij dreef de bal over het veld en speelde de onvoorstelbare pass in de ruimte. Daar stond Leon de slalomkampioen, topscorer en de jongen-met-de-flitsende-voorzetten. Hij maakte een onverwachte zijsprong en schoot. Het was vier-één.

De volgende aanval ging over rechts. Fabi rende alleen weg. Hij schoot vanaf de zijkant keihard naar Leon. Leon verlengde verder naar links. Jojo maakte een schaarbeweging en knalde de bal met links hard in het doel.

Het derde doelpunt maakte Marlon alleen. Van het eigen

strafschopgebied tot dat van de tegenstander rende hij door en lepelde de bal met de buitenkant van zijn schoen in de rechterbovenhoek van het doel.

Maar het leek bij vier-drie te blijven. Het doel van de tegenstander leek daarna dichtgetimmerd en Fabi schoot tweemaal tegen de lat. Toen maakte Felix zich vijf minuten voor het einde los. Hij stormde door het strafschopgebied en passte met de hak naar Leon terug. En Leon loodste de bal op de een of andere manier door een woud van benen het doel in.

De vuist die Leon na dit doelpunt balde was de vuist van ons allemaal. We gaan deze wedstrijd niet verliezen! zei de vuist tegen ons. Maar de NAC-junioren leefden op.

Als opgejaagde dieren renden ze op ons doel af. Het was een kwestie van eer. Alle spelers waren een jaar ouder dan wij en een gelijkspel betekende voor hen niets minder dan een nederlaag. Maar voor ons was dit gelijkspel een overwinning. Met dezelfde kracht zetten we ons schrap voor hun aanval.

Zelfs Leon verdedigde mee. Hij wierp zich in het doelschot van de rechtsbuiten, kopte naar mij en ik schoot de bal verder naar Marlon. Die schoot de bal voor de bevrijdingsslag gewoon naar voren. Maar dit was geen bevrijdingsslag. Dat was een eersteklas pass naar Fabi, de snelste rechtsbuiten ter wereld. Fabi rende weg en met hem kregen wij de kans om te counteren. De kans op de overwinning. Bliksemsnel trokken we op. Fabi verloor de bal en nu counterde NAC. En die spelers waren stuk voor stuk sneller dan wij.

Plotseling stond ik alleen tegenover twee van hun spitsen. Alleen Marc de onbedwingbare was nog achter me.

De ene dubbelpass volgde op de andere. Daar kon ik gewoon niets tegen doen. Ik moest alles riskeren, maakte een spreidsprong in de volgende pass en miste de bal op een haar na.

Nu was Marc alleen, maar hij was de onbedwingbare. Als een muur wierp hij zich in het schot en sloeg de bal met zijn vuisten uit het strafschopgebied.

Wauw! Wat een snelle actie!

Nu hadden we het gelijkspel echt verdiend. De scheidsrechter had het fluitje al in zijn mond. Dadelijk zou er afgefloten worden. Toen zag ik de middenvelder van NAC. De bal kwam recht op hem af en was als een voorzet bedoeld voor een volley. Ik keek naar Marc. Die lag nog op de grond! Hij zag de volgende aanval te laat. Ik sprong op en terwijl de nummer 10 van NAC plotseling hard richting doel schoot, sprintte ik naar de doellijn. Ik gooide mijn benen naar voren, schoot lijnrecht door de lucht en knalde de bal weer uit het doel.

Op dat moment floot de scheidsrechter af en de bal die ik uit het doel had geschoten vloog hoger en hoger en trof de schijnwerper. Die ontplofte en zond een sterrenregen naar beneden, naar mij. Krabbenklauw, jaaaah! We hadden de eerste wedstrijd in ons stadion toch niet verloren! En zo uitgeput en gelukkig als ik was, spreidde ik mijn armen zo ver ik kon. Ik rekte en strekte me, en terwijl de andere leden van de Wilde Bende zich op me stortten en me feliciteerden, wist ik precies waar ik was en waar ik thuishoorde.

EINDE VAN DEEL 4

Joachim Masannek werd in 1960 geboren. Hij studeerde Duits en filosofie en daarna studeerde hij aan de Hogeschool voor Film en Televisie. Hij werkte als cameraman en schreef draaiboeken voor films en tv-programma's. En hij is trainer van de échte Wilde Voetbalbende, en vader van voetballers Leon en Marlon.

Jan Birck werd geboren in 1963. Hij is illustrator, striptekenaar en artdirector voor reclame, animatiefilms en cd-roms. Met zijn vrouw Mumi en hun voetballende zoons Timo en Finn woont hij afwisselend in München (Duitsland) en Florida (Verenigde Staten).

Alles is cool zolang je maar wild bent!

Zeven vrienden wachten op het mooie weer dat het nieuwe voetbalseizoen inluidt. Voetbal is voor hen minstens even belangrijk als leven. Maar de sneeuw is amper gesmolten, of hun voetbalveldje is al in beslag genomen door Dikke Michiel en zijn *gang*. Dat laten de vrienden natuurlijk niet zomaar gebeuren! Ze dagen Dikke Michiel uit: wie de wedstrijd wint, krijgt het veldje. Maar hoe kunnen ze ooit winnen van die griezels, die veel groter, sterker én gemener zijn...?

ISBN 90 216 1909 1

Er komt een nieuwe jongen op school: Rocco, de zoon van een Braziliaanse profvoetballer. Eerst vindt Felix hem arrogant, maar Rocco is goed én hij wil per se bij de Wilde Voetbalbende. Rocco's vader vindt het maar niks. Zijn zoon bij een ordinair straatelftal! Hij moet bij een échte club spelen.

Dat kan geregeld worden: de Wilde Bende zorgt voor officiële clubshirtjes en traint nog harder dan anders. Dan dagen ze het jeugdteam van Ajax uit voor een duel. Rocco is een van hun tegenstanders...

ISBN 90 216 1919 9

Vanessa is helemaal voetbalgek. Ze draagt altijd voetbalkle-
ren, en ze wil de eerste vrouw in het Nederlands elftal worden. Met haar meisjes-voetbalclub gaat dat natuurlijk nóóit
lukken! Haar vader meldt haar aan bij de Wilde Bende. Maar
de jongens zijn op zijn zachtst gezegd niet zo erg blij met een
meisje in hun team. Ze spelen Vanessa nooit de bal toe,
maken zulke scherpe passes dat zij die wel moet laten gaan
en vernederen haar. Vooral Leon moet niks van haar hebben.
Maar Vanessa geeft niet op: ze móét en ze zal laten zien dat ze
goed genoeg is om bij de Wilde Bende te spelen!

ISBN 90 216 1929 6

Deniz voetbalt in een ander elftal, maar hij zou dolgraag bij de Wilde Voetbalbende spelen en nodigt zichzelf uit voor een proeftraining. Dat hij talent heeft, is overduidelijk, maar toch wijzen Fabian en Leon hem af. De Turkse Deniz zou niet in hun elftal passen. De andere jongens zijn hier woedend over. Ze willen Deniz per se bij hun club, zelfs als dat betekent dat Fabian en Leon opstappen. Wat nu?

ISBN 90 216 1700 5

Raban voelt zich in de Wilde Voetbalbende het vijfde wiel aan de wagen. Hij is bang dat de anderen hem niet meer bij hun team willen hebben. Trainer Willie raadt hem aan om in de kerstnacht het grote voetbalorakel te raadplegen. Zo gezegd, zo gedaan: midden in de nacht sluipt Raban naar het stadion...

ISBN 90 216 1950 4

Verschijnt november 2006

Als Max plotseling niet meer het hardste schot ter wereld kan maken, raken de leden van de Wilde Voetbalbende in paniek. En wat misschien nog wel erger is: Max lijkt ook zijn tong verloren te zijn. Hij zegt geen woord meer. Shock-therapie is de enige mogelijkheid, en zijn vrienden organiseren de griezeligste spooknacht aller tijden...

ISBN 90 216 1960 1

Verschijnt november 2006

Ben je benieuwd naar het volgende deel van De Wilde Voetbalbende? Hieronder volgt het eerste hoofdstuk uit *Raban de held.*

Eindelijk!

De hond met zijn leren muts en zijn motorbril staarde me al sinds middernacht aan. Hij zat roerloos op zijn motor. Tegen zessen werden de duiven wakker. Ik hoorde ze boven me, op het dak. Ze zaten druk te koeren of fladderden zenuwachtig rond. Over 27 minuten en 13 seconden liep de wekker pas af.

Ik lag in bed op Rozenbottelsteeg 6 en stikte van ongeduld. Dampende kippenkak! Dit was de langste nacht in mijn tienjarig bestaan! Eindelijk zag ik het licht van de koplamp op de motor aanspringen. De wijzers achter het glas stonden op zeven uur. De hond gaf gas en de motor brulde als een leeuw.

In de slaapkamer naast de mijne schoot mijn moeder rechtop in bed.

'Zet dat vreselijke ding af!' riep ze terwijl ze hard tegen de muur bonkte.

Maar voor mij klonk het als muziek. Eindelijk ochtend. Want vandaag stond alles op het spel. Vandaag, 23 november, was onze laatste thuiswedstrijd in de Duivelspot. Vandaag speelden we tegen de club die nu nog eerste stond in de competitie. Maar als we hen zouden verslaan, dan werden wíj herfstkampioen! De gedachte alleen al was om gek van te worden!

'Raaah!' riep ik. En nog eens 'RAAAH!'

Pas toen zette ik mijn hond-op-motor-wekker uit. Ik sprong uit bed en twee minuten later stond ik in volledige Wilde Bende-outfit voor de lange spiegel van mijn kleren-kast. Gitzwart shirt! Feloranje kousen! Het logo van de Wilde Voetbalbende op mijn borst! En op mijn rug schitterde 99, het nummer dat Joao Ribaldo voor me had gekozen. Hij was de Braziliaanse voetbalgod van Ajax. Hij had dat nummer voor mij gekozen, omdat ik zo onberekenbaar was, zei hij toen. Boven de 99 stond: Raban de held!

'Dampende kippenkak!' fluisterde ik tegen mijn spiegel-beeld. 'We schieten ze vandaag naar de maan! Hoor je? Daar-voor durf ik mijn twee benen in het vuur te steken!'

Ik balde mijn vuisten en de Raban in de spiegel deed het-zelfde.

'Hard als staal genadeloos wild!' bezwoeren we elkaar. 'Zonder één seconde met de ogen te knipperen!'

Ik griste mijn rugzak met de voetbalschoenen van mijn bureau en deed de deur open. 'In geval van nood ga ik er zelf achteraan! Met mijn zwakkere been!'

'Dat doe je niet,' counterde een stem. Ik draaide me om en staarde naar mijn spiegelbeeld. Die Raban nam nu zijn bril met jampotglazen van zijn neus. Hij maakte de glazen schoon, zette de bril weer op en bekeek me van top tot teen.

'Wat zei je?' vroeg ik en ik wreef verbaasd in mijn ogen.

'Dat doe je niet!' herhaalde de Raban in de spiegel.
'Dat weet je best. Je hebt geen zwakker been.'

Ik werd rood van woede, bijna even rood als mijn haar. Ondanks de bril met jampotglazen werden mijn ogen twee dreigende spleetjes.

'Wat bedoel je daarmee?' fluisterde ik. Mijn spiegelbeeld haalde alleen maar zijn schouders op.

'Wie een zwakker been heeft, moet ook een sterker been hebben. Vind je niet, Raban?'

Ik hapte naar lucht.

'Oké! Oké! Wat jij wilt!' Ik probeerde mijn ijzersterke zelfvertrouwen terug te krijgen. 'Maar hoe kun jij dat weten? Want spiegelbeelden kunnen al helemaal niet voetballen. Echt niet! Knoop dat maar in je oren!'

Ik rende de overloop op. Wild en vastbesloten gooide ik de deur van mijn kamer met een klap dicht. Als iemand tegen me had gezegd dat ik voor iets weg wilde lopen, had ik hem uitgelachen.

Hé, jij daar! Voor het geval je het nu nóg niet weet, ik ben het, Raban. Raban de held! En ik ben niet bang. Ik heb Dikke Michiel verslagen. In hoogsteigen persoon. En nog wel met mijn zwakkere been. 'KLABAMM!' klonk het toen. Weet je het weer? Precies! En daarom hoor ik bij de Wilde Voetbalbende als slagroom bij aardbeien.

'Niet waar!' kwaakte mijn spiegelbeeld me achterna. Maar hij hing me nu even de keel uit. Ik luisterde niet meer.

Raban de held verschijnt november 2006.